여행의 위로

북유럽에서 나를 찾다

여행의 위로—북유럽에서 나를 찾다

초판 1쇄 발행 | 2025년 3월 19일

지 은 이 이해솔
발 행 인 김인후
편 집 박 준
마 케 팅 홍수연
디 자 인 원재인

주 소 서울시 은평구 통일로1034, 시설동 228호
문 의 전 화 02-322-8999
팩 스 02-322-2933
블 로 그 blog.naver.com/eta-books
인스타그램 instagram.com/etabooks
발 행 처 이타북스
출 판 등 록 2019년 6월 4일 제2021-000065호
I S B N 979-11-6776-407-2 (03810)

여행의 위로

북유럽에서 나를 찾다

이해솔 에세이

ETA BOOKS

차례

Chapter I

누군가 꿈 때문에 자신을 죽였어

Chapter II

죽은 꿈과 나의 오로라 — 노르웨이

Chapter IV

꿈보다 내가 소중하다 — 다시 오슬로

Chapter V

작가가 되기로 결심하다

Chapter I

누군가 꿈 때문에 자신을 죽였어

어른에게 검열당한 꿈

처음으로 '꿈'의 문제를 맞닥뜨린 게 언제였을까.

기억을 더듬어 보면 어린 시절 부모님을 비롯한 어른들의 질문이 그 시작이었다.

"너는 커서 뭐가 되고 싶니?"

솔직히 그때의 나는 내가 이다음에 커서 꼭 무엇이 되어야 한다는 것도 모르고 있었다. 어떻게 대답해야 할지도 알 수 없었다. 다만 "잘 모르겠어요." 했을 경우에 보게 되는 어른들의 실망하는 기색이 역력한 얼굴이 싫었다. 그때마다 어른들의 반응은 항상 비슷했다.

"대통령이 되어야지."

"판검사가 되어야지."

"의사가 되어야지."

"교수가 되어야지."

"큰사람이 되어야지."

항상 어른들이 바라는 쪽에 맞춰 똑 부러지게 대답하는 아이들만 인정받았다. 어른들에게 의존하고 있던 나이에, 스스로의 마음을 들여다볼 기회도 없이, 답은 이미 어느 정도 정해져 있었던 것이다.

비단 나의 부모님에게만 해당되는 문제가 아니었다. 부모님의 지인, 친척, 친구네 부모님, 선생님이나 동네 어른들까지 습관적으로 꿈에 대해 묻고 검열했다. 그들의 입을 한껏 벌어지게 할 만한 꿈을 자신 있게 이야기하고 나면 어느새 나는 '착한 아이'가 될 수 있었다. 한창 애정을 갈구할 나이였던 나도 어느새 착한 아이가 되어있었다. 뒤따라오는 용돈과 칭찬은 그 보상이었다. 몇 번인가 눈앞에 보이는 작은 보상을 좇았을 뿐인데, 이미 나는 누군가에게 인정받기 위해 무언가가 될 거라고 입버릇처럼 대답하는 아이가 되어버린 것이었다.

그 과정이, 그 시간이 나를 갉아먹고 있다는 사실은 알지 못한 채 말이다.

나의 대답은 나이가 들어가면서 조금씩 바뀌다가 고등학생 때는 "회계사"에 이르렀다. 당시 나의 아버지께서는 회사에서 꽤 높은 지위에 있으셨음에도 불구하고 내부 감사가 시작되면 입버릇처럼 힘들다는 말씀을 하셨다. 어른들이 만들어 둔 서열에서 높은 위치에 선 아버지도 결국 누군가의 감사를 받고 힘들어하는 처지에 놓여있기는 마찬가지라는 사실은 어린 마음에 충격적이었다. 그래서 이왕 인정받기 위해 꿈을 꿀 것이라면, 감사받는 사람이 아니라 감사를 하는 사람이 되어야겠다는 생각을 했던 것이다.

나는 대학교에서 회계학을 전공했고, 그것이 성인이 된 후 내 꿈의 시작이었다. 소방관, 기술자, 소설가, 역사학자 등의 꿈을 나열할 때마다 못마땅해했던 어른들의 표정은 나의 그럴듯한 대학교 회계학과 입학과 동시에 환하게 밝아졌다. 마치 자신들의 꿈이 나를 통해 이루어지기라도 한 듯 기뻐하며 내 등을 두들겨 주었다. 그리하여 유년 시절부터 스무 살이 되기까지 꿈에 대해 내가 내린 정의는 아래의 두 가지였다.

1. 어른들에게 인정받기 위한 목표
2. 높은 지위에 올라서도 힘들지 않은 삶

자의 반 타의 반 꿈꾸던 회계학과에 진학해 회계사 공부를 시작하니, 내 앞길은 탄탄대로일 것만 같았다. 이대로 회계사가 되면 어릴 적부터 배워온 대로 행복해지리라는 걸 믿어 의심치 않았다.

하지만 불행히도, 회계사 공부는 내 적성에 맞지 않았다. 동기들보다 배는 노력해서 공부해야 강의를 따라갈 수 있었다. 교수가 강의 때마다 이름을 언급하며 칭찬하는 학생은 고정적으로 정해져 있는 단 몇 명뿐. 불행히도 나는 그곳에서 딱 평범 그 자체였다.

학과 동기 대부분은 그럼에도 회계사가 되면 행복해지리라 생각하고 있었다. 반면 애초에 누군가에게 인정받기 위해 회계사라는 꿈을 골랐던 나는 이대로라면 그 꿈을 이루어서도 불행할 것이라 느꼈다.

인정 욕구의 길 한복판에서 절대 충족되지 않을 그 욕구를 채우기 위해 발버둥 치다 늙어버렸을 테니까.

꿈의 배신

하지만 회계사 공부를 포기한다는 건 필사적으로 노력한 수험 생활 전체를 스스로 부정하는 것이나 다름없었다.

내가 수험 생활을 하던 당시 맹목적 긍정주의를 바탕으로 한 성공 심리학이 유행하고 있었다. RHJ라는 이니셜을 필명으로 쓰는 작가의 『잇 웍스It works』, 론다 번Rhonda Byrne의 『시크릿The Secret』 등의 책에서 볼 수 있었던 것처럼, "간절히 원하면 온 우주가 도와준다."라는 메시지 말이다.

좋은 학교의 회계학과에 들어간 것은 『시크릿』류 성공 심리학을 맹신하며 재수까지 한 끝에 이룬 목표였다. 나의 간절한 노력과 어른들의 기대가 교집합을 만들어 낸 첫 목표이기도 했고 말이다.

그러니까 나에게 있어 회계사 공부를 그만둔다는 것은 어른들의 기대에 대한 배신이자 더 이상 긍정적이지 못한 사람이 되는 일이었다. 성공 심리학에 따르면 삶을 세뇌하듯 긍정으로만 채우고, 간절히 바라는 것이 이미 실제로 이루어졌다고 믿어버려야 했다. 반론은 용납하지 않고 듣지도 않는다. 그건 간절함을 포기하고 배신하는 행위니까.

그래서 나 역시 회계사라는 직업에 대해 잘 알지도 못하면서 나의 '꿈'이라 명명하고 마치 그걸 이루지 못하면 내 삶을 부정당하기라도 하는 것처럼 그 직업과 나를 동일시했는지도 모른다. 수험 생활을 견디게 해준 성공 심리학 패러다임에서 빠져나오는 것은 고통스럽고 스스로 자존감을 낮추는 일이었다.

고민에 빠져있던 어느 날 학교에서 국내 최고의 회계법인 중 한 곳의 부대표를 초청해 강연을 열었다. 강연 내용은 특별할 게 없었지만, 질의응답 시간이 있었다. 국내 최고의 회계사를 상대로 질문을 할 수 있는 좋은 기회였다. 주저하다가 손을 들며 나는 생각했다.

'저 사람은 내가 꿈꾸던 길을 앞서 걸어본 사람이니까 답을 알고 있을지도 몰라.'

다행히 손을 든 사람이 많지 않아 질문자로 지목받을 수 있었던 나는 마이크를 넘겨받고 질문을 시작했다.

"회계학과 학생들의 꿈은 당연히 회계사가 되는 것입니다.

그리고 궁극적으로는 부대표님과 같은 지위에 오르는 것이 꿈이기도 합니다. 그렇다면 이미 그 꿈을 이룬 회계사님은 지금 그 위치에서 행복하신지 궁금합니다.”

나의 질문이 끝나자 그분은 따뜻한 표정으로 이런 답변을 했다.

“제가 지금껏 본 중 가장 불행한 사람은 900억 원을 가진 사람이었습니다. 그 사람은 900억을 가졌음에도 1000억을 가지고 싶은 마음 때문에 자신을 불행히 여겼습니다. 그 사람은 9억을 가졌던 때에도 10억을 가지고 싶은 마음뿐이었을 것이고, 90억을 가졌던 때에도 100억을 가지고 싶은 마음뿐이었을 겁니다. 그러면서 계속 자기 자신을 불행히만 여겨왔을 겁니다. 회계사라는 직업도 마찬가지로 생각해 볼 수 있지 않을까요. 자신의 적성이나 장점을 잘 모르고 맹목적으로 회계사를 목표로 한다면 불행해질 겁니다. 회계가 즐겁고 적성에 맞는 사람이 회계사가 되면 좋겠습니다.”

질문의 의도를 간파하고 대답을 마친 부대표님은 예상치 못한 좋은 질문이었다며 질의응답 경품으로 가져온 초콜릿의 대부분을 나에게 주었다.

그 선물은 검열된 꿈을 이야기하던 어른으로부터 받은 보상이 아닌, 자아를 성찰하고 발견해 가는 사람에게서 격려의 의미로 받은 내 생애 첫 선물이었다.

고민 끝에 나는 첫 꿈이었던 회계사 공부를 그만두었다. 그러고 갑자기 번아웃이 왔다. 막상 '회계사는 내 꿈이고 나는 그걸 이루어야만 인정받을 수 있다.'라고 스스로 세뇌하던 삶에서 물러나니, 삶의 목표를 잃어버리고 만 것이다. 그때껏 성공 심리학을 통해 꿈 혹은 목표를 설정하는 것만이 가치 있는 삶이라 믿어왔으니 어쩌면 당연한 일이었다.

그때 나의 선택은 일부러라도 다시 치열하게 삶의 목표와 꿈을 만드는 것이었다.

스물셋까지 미뤄왔던 입대 날짜를 정하고, 남은 시간 동안 내 적성에 맞는 꿈을 찾기 위해 연합 공모전 동아리에 가입해 활동했다. 여러 분야의 공모전 준비 과정에서 다양한 공부와 경험을 해볼 수 있었다. 그 과정에서 나를 설레게 하는 꿈을 발견할 수 있기를 바라면서 말이다.

입대 후, 그 전에는 한 번 생각해 본 적도 없었던 문학 공모전에 시를 투고했다. 나는 수상을 했고, 내가 무엇을 잘하고 무엇을 못하는 사람인지 하나씩 알아가기 시작했다. 복학 후 졸업 때까지 경험한 동아리 수는 일곱 개를 넘겼고 감상한 책과 영화의 수도 쌓여갔다. 적성에 맞는 것을 찾기 위해 타 학과 전공 수업까지 빼어 듣다가 경영학과 교수님의 눈에 띄어 인사 관련 대학원 공부를 하기도 했다. 그 결과 저명한 경영학자가 되겠다는 새로운 꿈을 잠시 꾸기도 했다.

그런데 나의 석사 진학과 동시에 갑자기 아버지께서 쓰러지셨다. 의식불명 상태가 되어버리신 것이다.

나는 잘 버티는가 싶다가 6개월 만에 무너져 내렸다. 마음의 병을 얻은 나는 정신 상담을 받고 불안장애 증상에 맞는 약도 처방받아 왔지만 먹을 수 없었다. 그걸 먹으면 그동안 버텨온 것들에 대해 패배하는 것만 같이 느껴졌기 때문이다. 나는 그저 오래 울었다.

아버지는 3년 반의 의식불명 상태 끝에 돌아가셨다. 형은 뒤늦은 군 복무 중이었고, 어머니 홀로 아버지를 돌보게 둘 수는 없었다. 유학도 불가능해졌기에 나는 회계사에 이어 다시 한번 꿈을 버려야 했다.

노력 끝에 찾아낸 두 번째 꿈을 너무 빨리 내려놓게 되면서 다시 한번 번아웃이 왔다. 다사다난한 대학원 생활 끝에 석사 과정을 마치고 2년간 국제 비정부 기구에서 인사 담당자 생활을 했다. 스스로 '이게 내 새로운 꿈이다.'라고 되뇌며 노력했지만, 번아웃은 해결되지 않았다. 그래서 퇴사 후 스페인Spain 산티아고Santiago로 두 번째 순례를 다녀오기도 했다. 그러나 지금껏 그렇게 살아온 탓에 관성이 붙었는지, 순례 후에도 사회적 인정에 대한 욕구를 완전히 내려놓지는 못했다.

가지 못한 유학에 대한 미련 때문인지 인사와 관련된 전문직이라는 이유에서인지, 다음으로는 공인 노무사를 꿈으로 설정했다. 그리고 그 결심은 그 꿈을 달성해 스스로에게 인정받자는 생각으로 이어졌다. 사실 공인 노무사가 무엇을 하는 직업인지조차 당시의 나에게는 그다지 중요하지 않았다.

꿈이라는 건 여전히 나에게 삶의 이유처럼 느껴졌다. 살아가는 내내 꿈을 이루지 못하거나 좌절되면 그 공백을 견딜 수 없어서 당장 새로운 꿈을 찾아야만 했다. 그러지 않으면 긴 번아웃을 겪었다. 퇴사가 주는 불안감 때문에 노무사라는 직업을 꿈이라고 생각했는지도 모르겠다. 나 자신을 위한 것이라는 착각 속에 말이다.

평생 꿈을 찾아 헤맸고, 여러 번 꿈이 바뀌는 과정에서 매번 진심으로 꿈을 위해 노력했다고 생각했다.

그게 나의 착각이었다는 것을 인정하기란 너무나 고통스러운 일이었다.

뛰어내린 사람과 목격자

불행 중 다행으로 공인 노무사 시험공부는 회계사 시험 때와는 달리 재미있었다. 내 적성에 맞는 꿈을 드디어 찾았다고 생각했다. 하지만 재미는 있었을지언정 합격과 불합격의 당락은 또 전혀 별개의 이야기였다. 2년 연속으로 2차 시험에서 떨어졌고, 회계사 시험공부 때와 마찬가지로 결국 고시는 내 적성에 맞지 않는다는 사실을 긴 고통 끝에 알 수 있었다.

세 번째 2차 시험을 열흘 앞둔 날이었다. 이번이야말로 진짜 마지막 시험이라고 생각했다. 그런데 그날, 누군가 학원 건물에서 뛰어내렸다. 살면서 누군가가 건물에서 뛰어내렸다더라 하는 말은 꽤 들어봤지만, 이번에는 바로 앞에서 점심을 먹고 있던 내 눈앞에서 벌어진 일이었다.

나는 앰뷸런스 소리를 따라 홀린 듯이 폴리스 라인으로 걸어갔다. 구급대원이 심폐 소생술을 하고 있었고, 흰 천으로 덮인 채 축 늘어져 있는 팔과 흔들리고 있는 배가 보였다. 주변에 모여들어 있던 사람들이 내 눈에 들어왔다. 멍해진 눈으로 바라보는 고시생들과 안타까워하는 주민들이 있었다.

시험이 얼마 남지 않은 시점이라 나는 그 자리에 오래 있지 못하고 다시 공부하러 돌아가야 했다. 하지만 하루가 지나도, 또 하루가 지나도, 심지어는 시험이 끝난 후에도 그 광경의 잔상이 내 눈앞에서 사라지지 않았다.

'왜 그 사람은 뛰어내려야만 했을까? 꿈을 이루지 못한다고 해서 꼭 자신을 죽여야만 했을까?'

그 사람은 분명 행복해지겠다는 꿈을 품고 고시에 뛰어들었을 것이다. 그건 비단 뛰어내린 사람만의 문제가 아니었다. 나 역시 30대 중반까지 꿈이 나를 행복하게 해줄 것이라고만 믿으며 스스로를 소중하게 다루지 못했다.

꿈을 이루면 당연히 나도 행복해질 것으로 생각했다. 하지만 회계사, 경영학자, 국제 비정부 기구 전문가, 인사 전문가, 공인 노무사 등 그렇게 그럴싸한 이름의 꿈을 위해 몸부림치면서 정작 나 자신을 돌보지 못하고 괴롭혀 온 게 아닐까 하는 의문이 생겼다.

많은 돈, 좋은 집, 좋은 차, 더 나은 사회적 지위를 가진 삶.

어릴 적 나는 그저 역사 공부를 하거나 글을 쓰고 싶었고, 빙하나 피오르, 오로라를 보고 싶었고, 친구들과 함께 평온하게 살아가고 싶었는데. 그러다 후회 없이 죽는 게 내가 원하던 것이었는데, 언제부터 사회가 원하는 게 곧 나의 꿈인 양 세뇌당해 왔을까.

오랜 생각 끝에 나는 '꿈보다 내가 소중하다는 것'을 처음으로 인정하기로 했다. 꿈이라는 건 이루어지는 순간 새로운 꿈이 찾아와 다시 그 자리를 차지하곤 했다. 이루어지지 않았을 때도 마찬가지였다. 심지어는 나를 좌절감으로 이끌었다. 그러나 그러한 꿈도 결국은 내가 꾸는 것이니까 적어도 꿈보다는 내가 더 소중한 것이 아닐까?

타인에 의해 충족되는 인정 욕구가 아니라 스스로에게 받는 인정이 중요하다는 생각으로 고시에 도전해 나를 한계까지 몰아붙인 것인데. 도대체 무엇이 잘못되었던 걸까.

학원 건물에서 뛰어내린 사람처럼 사실 나도 꿈을 이루려는 과정에 나를 매몰시켜 버린 게 아닐까. 30대 중반까지 치열하게 꿈에 대해 고민하고 나를 몰아붙였지만, 나를 죽일 수도 있는 게 꿈이라는 사실은 알지 못했던 것이다.

내 삶의 중요한 전환점이라는 생각이 본능적으로 들었다. 산티아고 순례에서와 같이 그동안 내가 걸어온 길을 곰곰이 뒤돌아볼 시간이 필요했다. 나에게 여행이란 일상의 공간을 벗어나 객관적으로 나를 들여다볼 수 있는 쉼이자 돌아봄의 시간을 뜻했다. 한국에서 멀리 떠나 나에 대해, 그리고 삶에 대해 진지하게 생각해 보기로 했다.

여행지를 고민하다 북유럽에 생각이 미쳤다. 역사 공부와 글쓰기를 좋아하는 어린아이였던 내가 보고 싶어 했던 빙하와 피오르, 오로라가 있는 곳. 그곳이라면 충분히 꿈과 나를 돌아보고 들여다볼 수 있으리라는 생각이 들었다.

2022년 10월의 어느 날, 나는 비행기 표를 끊어 북유럽으로 떠났다.

Chapter II

죽은 꿈과 나의 오로라

노르웨이

내가 나에게 대접을 해주다

공인 노무사 공부를 시작한 지 3년 만의 해외여행이었다. 가장 저렴한 비행기를 탔기에 무려 스물두 시간을 날아서야 오슬로Oslo에 도착했지만 공항에 내리자마자 신이 났다.

나는 듯이 달려 기차를 타고 오슬로 중앙역에 도착해 숨을 크게 들이쉬었다. 내가 여기 살아있다고 외치듯 숨을 길게 내쉬자 목과 어깨까지 단단히 굳게 만들었던 스트레스 증상이 말끔히 사라졌다. 마치 그동안 받아온 스트레스가 거짓말이기라도 한 것처럼. 그러나 오랜만의 여행에, 역에서 숙소까지 10분 남짓 걸리는 거리를 걸어가며 다시 마음이 급해졌다.

'이렇게 해가 떠있는 시간의 오슬로는 귀한 거야. 얼른 한 군데라도 더 봐야겠다. 국립 박물관엘 가볼까? 아케르스후스Akershus 요새엘 가볼까? 성당엘 가볼까?' 스물두 시간의 비행을 했음에도 현지 시각으로 오후 4시에 숙소에 도착한지라 짐

을 풀자마자 머리를 굴리며 빠르게 움직였다. 해가 지기 전까지. 유럽 여행 중 방문할 경우 실망할 가능성이 가장 적은 것으로 알려진 곳부터 가기로 했다.

'먼저 성당에 가야 해. 그다음으로는 요새에 가보자. 박물관은 다른 날 또 갈 기회가 있을 테니까.'

하지만 비행으로 인한 피로를 무릅쓰고 간 성당과 요새는 생각보다 별것 없어서 김이 살짝 빠져버렸다. 그래도 한 나라의 수도에 있는 성당과 요새인데 이렇게 아무것도 없을 수가 있나 싶은 정도였다.

오슬로 항구에 정박해 있는 한 장의 사진에 모두 담기도

힘들 정도로 거대한 크루즈 여객선이 덩그러니 눈에 들어올 뿐이었다. 배 위의 사람들이 내 속도 모르고 나를 향해 손을 흔들어 주었다. 지금껏 여행해 본 도시들에는 눈길을 끄는 멋진 건물이나 명소가 가득했는데 눈을 씻고 찾아봐도 오슬로에는 크루즈 여객선과 항구밖에는 볼 것이 없었다. 억울한 마음에 마치 산티아고 순례길이라도 걸으러 온 사람처럼 요새 이곳저곳을 한참 휘젓고 다녔다. 그렇게 나를 혹사하듯 걷다 보면 미처 생각하지 못한 보물이라도 나올 듯이 말이다.

그러다 요새 모퉁이를 돌아 나오는 순간, 놀랍게도 정말 보물을 발견할 수 있었다. 해가 지면서 따뜻한 노을이 항구 전체를 덮어오고 있었다. 그제야 이곳은 지금까지 내가 다녀온 어떤 여행지에서도 느껴보지 못한 매력을 가진 도시일지도 모른다는 생각이 들었다. 막 도착했을 때는 해가 지기 전에 최대한 많은 곳을 둘러봐야 한다는 강박만 가득했었다. 마음만 바쁘고 정작 어느 것에도 만족하지 못한 채 걸음만 빨라졌었다.

그러나 목적 없이 바쁘기만 하던 걸음이 더디어지고 해가 져갈 때에서야 오슬로의 매력이 드러났다. 노을을 마주함과 동시에 시청에서 정시를 알리는 종소리가 은은하게 울려 퍼지기 시작했다. 나는 홀린 듯 언덕 위 의자에 앉았다. 바삐 움직이던 걸음을 그제야 멈출 수 있었다. 그리고 미친 듯이 움직이던 마음도 진정됐다. 빠르게 뱉던 호흡을 길게 들이켜고 다시 숨을 쉬었다. 지친 마음 때문인지 여러 가지 감정이 찾아왔다. 그 상태로 앉아있다가 둘러보니 현지인들도 나와 같은 자세로 노을을 즐기고 있었다.

노을을 보면서 나는 생각했다. 들려오는 종소리를 들으며 멍하니 앉아있는 것이, 천천히 순간을 즐기는 것이 바로 오슬로 여행법이라고 말이다. 굳이 누구에게 물어보지 않더라도 알 수 있는, 현지인이 검증하는 노을 명소였다. 따뜻하게 미소 짓는 오슬로 사람들을 따라 내 입가에도 미소가 지어졌다. 해가 잘 뜨지 않는 도시라 사람들의 고개가 해바라기처럼 노을을 향하고 있나 하는 생각이 들었다.

노을을 실컷 보다가 차분하게 가라앉은 내 마음을 신기해하며 항구를 따라 무작정 걸었다. 레스토랑과 페리 선착장이 항구를 따라 길게 늘어서 있었다. 분명 긴 비행으로 지쳐있는데도 배는 그리 고프지 않았다. 저녁을 먹을지 말지 고민하다가 노르웨이Norway 전통식 레스토랑을 발견했다.

검색해 보니 평점이 높은 곳이기도 하고 호기심도 들어서 문을 열고 들어갔다. 일반적으로 알려져 있는 노르웨이 사람들은 무뚝뚝하다는 편견이 무색하게 밝은 표정의 직원이 환하게 웃으며 나를 따뜻한 자리로 안내해 주었다. 나는 그가 추천해 주는 랍스터수프와 맥주를 주문했다.

전통 음식 전문점이기 때문인지 현지인으로 보이는 손님들이 대부분이었다. 덕분에 즐겁게 웃고 떠드는 노르웨이인들을 실컷 지켜볼 수 있었다. 오래 지나지 않아 여전히 따뜻한 미소를 띠고 있는 종업원이 요리를 가져다주었다. 그리고 나는

수프를 한 입 떠 넣는 순간 따뜻한 식감이 이상하게 뭉클했다. 눈물이 고이며 마음속 깊이 눌러놓았던 감정이 올라왔다.

'그동안 나 자신을 돌보지 않으며 살았구나.'

눈물을 그렁그렁 달고 음식을 먹는 여행자를 종업원이 불안한 눈빛으로 쳐다보고 있었다. 나는 그를 향해 엄지를 치켜들어 보였다. 그러고는 한 입 한 입 집중해서 음식을 먹었다. 퇴사 후 3년간 식사 시간도 아껴가며 공부했다. 고시생은 응당 그래야만 한다는 생각으로. 마지막으로 나 자신을 제대로 대접해 준 게 언제인지 까마득했다.

순식간에 음식과 맥주가 사라져 버린 자리를 바라보다 팁까지 더해 계산하고 레스토랑을 나왔다. 아는 사람이 아무도 없는 타지에서 울먹이고 나니 야경이 보고 싶어졌다. 천천히 다시 오슬로 중앙역으로 향했다.

역 앞 오페라 하우스는 나와 마찬가지로 오늘 하루 고생한 자기 자신을 대접해 주려는 주민들로 붐비고 있었다. 공연을 보러 가는 길인지 잘 차려입은 사람들이 건물로 향하고 있었다. 마치 길었던 내 수험 생활이 거짓말이기라도 한 것처럼 그곳에는 따스하고 평화로운 분위기가 감돌았다. 갓 비행기에서 내린 여행자에게 오슬로는 고생해 온 스스로를 대하는 법을 알려주었다. 바다를 끼고 도는 추운 바람은 내가 겪어본 어떤 바람보다도 포근하고 따뜻했다.

노르웨이 직장인도 바쁘더라고요

이른 시각부터 오슬로 산책을 나섰다. 아침 7시인데도 10월 말의 노르웨이는 벌써 겨울이 찾아온 것인지 어두컴컴했다. 아직 해가 뜰 기미조차 보이지 않았다. 나는 어두운 거리를 뚫고 오슬로 왕궁을 향해 걷다가 다시 시청 쪽 항구로 향했다. 왕궁과 항구 사이에는 극장을 포함한 현대적인 건물들이 가득했다. 그중 대다수는 사무실인 듯했다. 해가 늦게 뜨는 만큼 출근 시간도 늦은 편일까 했는데 그건 아닌 것 같았다. 오히려 해가 일찍 지기 때문인지 7시 반밖에 안 됐는데 길거리에는 회사 건물로 들어가는 직장인들이 꽤 보이기 시작했다. 벌써 출근을 마친 사람도 있어서, 멋있게 빗어 올린 앞머리에 셔츠 차림으로 일하는 사람들이 사무실 창문을 통해 보이기 시작했다.

건물들은 항구까지 이어졌다. 날이 점점 밝아질수록 부두를 따라 걷는 무표정한 직장인들이 많이 보였다. 그 옆으로, 딱

봐도 직장인들에게 인기 많을 법한 카페가 눈에 들어왔다. 아니나 다를까 이미 그 안은 직장인들로 붐비고 있었다. 나도 카페에 들어가 캐러멜과 초콜릿이 들어간 머핀과 에스프레소를 주문했다. 창가의 1인석에 앉아 보는 창밖의 출근 중인 직장인들의 모습은, 한국에서의 내 모습과 다를 것이 없었다. 바쁜 걸음, 딱딱한 표정, 귀에 꽂은 에어팟.

직장 생활 시절 동료와 북유럽 국가에 대해 나눴던 이야기가 떠올랐다. 당시 우리가 상상하기에 노르웨이는 거의 판타지 속 세상이었다. 복지국가로서 국민에게 제공하는 혜택이나 휴식이 습관화된 '휘게hygge' 문화가 부럽다는 게 우리 대화의 주제였다. 누구나 처음 직장인이 됐을 때는 여유 있는 표정으로 커피를 한 손에 든 채 멋있게 일하는 자신의 모습을 그릴 것이다. 여유를 즐기면서도 업무를 주도적으로 쥐락펴락하는 전문가의 모습. 그렇게 동경하는 직장인이 되기 위해 대학 졸업과 동시에 취업 준비를 시작한 것이기도 하고 말이다.

하지만 사실 회사가 그렇게 여유 있게 굴러간다면 그 회사는 망하기 일보 직전의 상태일 확률이 높다. 1분 1초를 쪼개어 회사의 미래 전략과 팀의 핵심성과지표, 더 작게는 개인의 성과를 위해 최선을 다해야 살아남는 곳이 직장이다. 한국에서는 환상 속 직장인이 되기 힘들었다. 하지만 동료와 나는 북유럽 국가에서는 그런 삶이 가능하리라 생각하고 부러워했었다.

그러므로 해가 뜨지도 않은 7시 반부터 무표정한 얼굴로 바삐 걸음을 옮기고 있는 북유럽 직장인들의 모습은 나에게 꽤 배신감 들게 하는 광경이었다.

취업 전 다녀온 스웨덴Sweden 여행에서 만났던 이란인 노동자도 생각났다. 호스텔에서 옆자리를 써서 알게 되었는데 이야기를 들어보니 꽤 좋은 집안에서 태어난 사람이었다. 그러나 그의 얼굴은 피로와 고생으로 찌들어 있었다. 옆자리라는 이유로 나는 그의 하소연을 들어주어야 했다. 복지국가에 대한 환상을 품고 도착한 스웨덴에 정착하기 위해 그는 부단한 노력을 했다고. 그러나 현실은 7년간 사장에게 착취당한 끝에 결국 도망치듯 스웨덴을 떠나고 있는 그의 처지였다. 그는 나에게 이란에 있는 가족들의 사진과 자신의 7년 전 모습이 담긴 사진을 보여주었다. 가족과 함께 여유롭게 행복한 웃음을 짓고 있던 그 남자는 이제 예민하다 못해 날카롭게 날이 선 표정으로 나에게 투덜대고 있었다.

물론 복지국가의 혜택이란 대상이 자국민인지 아닌지에 따라 다르게 적용되는 것일 테다. 하지만 한국과 다를 것 없이 바삐 출근하는 노르웨이 직장인들의 모습은 천국은 고향에 있는 것이니 절대 복지국가를 동경하지 말라던 그 이란인 노동자의 조언을 생각나게 했다.

결국 스웨덴에서든 노르웨이에서든 환상 속의 직장인은 찾아보기 힘든 것이었다. 카페 창밖으로 보이는 '복지국가의 직장인들'이 갑자기 나와 별다를 것 없게 느껴졌다.

'저 사람들도 나처럼 꿈과 자아에 대해 고민하고 있겠지?'

다들 바쁘게 달리고 있는 도로에서 나 홀로 이탈해 있는 듯한 기분이라 바다 쪽으로 가고 싶어졌다. 빈 접시를 정리해 카페 바에 가져다주었다. 여기에는 접시를 직접 가져다주는 고객이 별로 없는지 점원이 너무 기뻐하며 고맙다고 인사를 했다. 역시 마음에 여유가 있어야 언행에 배려가 생기는 모양이다. 기약 없는 고시에 치여 1분의 휴식에조차 죄책감을 느끼던 때는 이렇게 접시를 되돌려 줄 여유조차 없었다.

항구를 따라 다시 숙소로 돌아가는데 시청에서 오전 8시 정각을 알리는 종소리가 울리기 시작했다.

뎅그렁—

우렁차게 울리는 종소리가 바쁜 사람들과 나를 구분 지어 주는 느낌이었다.

트롬쇠 오로라는 신기루일까

오슬로 공항에서 트롬쇠Tromsø행 비행기를 탔다. 트롬쇠는 위도상 거의 북극에 가까운 노르웨이 최북단 도시로 오로라를 볼 수 있는 곳으로 유명하다. 그럼에도 오로라를 볼 확률은 현지인에게도 그리 높지 않은 것이어서 혹시 몰라 나는 이틀 연속으로 오로라 투어를 예약해 두었다. 오로라를 보기 위해 노르웨이 여행을 결정한 것인 만큼 절대 일정에 차질이 생기면 안 되었다.

거센 비바람에도 비행기가 연착되지 않아 제때 잘 탔나 싶었다. 그러나 이륙이 미뤄지고 30분 내내 기내 방송을 들으며 대기해야 했다. 기장이 이륙을 강행하기로 했지만 기상 악화로 트롬쇠 인근 로포텐Lofoten 공항에 잠시 착륙했다가 날씨가 나아지면 다시 트롬쇠를 향해 비행한다는 내용이었다. 분명 트롬쇠로 가는 직항기였는데 졸지에 로포텐을 경유하는 비행기가 되었다. 유럽 여행이라면 나 홀로 다닌 기간만 모두 합해도 반년은 넘는다. 그 시간을 통틀어서도 이런 경험은 처음이었다.

하지만 그런 결정이 내려질 수밖에 없다는 걸 누구나 단번에 수긍할 정도로 날씨가 좋지 않았다. 우여곡절 끝에 다행히 로포텐 공항에는 착륙할 수 있었지만 재이륙을 기다리는 동안 날씨는 나아질 기미가 보이지 않았다. 하염없이 시간이 흘러 로포텐 공항에서도 어느새 한 시간 반이 지났다. 계속 날씨가 좋아지지 않으면 어떻게 해야 할지 플랜 B를 짜기 시작하는데 다행히 비바람이 잦아들기 시작했다. 결국 비행기가 트롬쇠 공항에 도착한 것은 오로라 투어 시작까지 한 시간 반밖에 남지 않은 때였다.

공항에서 중심가 숙소로 이동해 체크인을 마친 후 다시 오로라 투어 사무실까지 도착하는 과정을 한 시간 반 안에 해낸다는 것은 쉽지 않은 일이었다. 나는 거의 경보 선수처럼 움직였다. 홀로 다니는 여행에서는 백팩만 멘다는 평소 나의 이상한 고집 덕에 짐은 단출했다. 공항을 나와 중심가로 가는 버스를 타는 데까지 걸린 시간은 단 20분이었다. 그리고 다행히 트롬쇠 공항에서 중심가까지는 그리 멀지 않았다.

공항에서 버스로 다시 20여 분을 달려 도착한 숙소에 후다닥 짐을 풀어놓고 나오니 걱정과 달리 오히려 30분 일찍 오로라 투어 사무실에 도착할 수 있었다. 빨리 온 탓에 아직 텅 비어있는 사무실을 마주하니 괜시리 웃음이 나와 혼자 계속 피식댔다. 기다리고 있으니 가이드와 참가자들이 하나둘씩 나타나기 시작했다.

옌카Jenka라는 이름의 가이드가 간단히 오로라 투어의 주의 사항 등을 설명해 주고 있었다. 그런데 갑자기 오로라 투어 버스 운전기사가 눈두덩을 다쳐 대체자를 찾느라 출발이 한 시간 정도 지연되었단다. 먹구름이 너무 짙어서 오로라를 볼 확률이 6퍼센트에 불과하다는 설명을 이미 들은 터였다. 비행기에서부터 하루 종일 악운이 겹친다는 생각에 점점 오로라에 대한 기대를 비우게 되는 순간이었다.

버스 운전기사까지 다치다니. 『시크릿』식 농담으로 표현하자면 오로라를 볼 수 없도록 온 우주가 내 앞을 막는 듯한 기분이었다. 그래도 사람이 다쳤다니 하는 수 없다는 생각으로 방한복을 대여해서 단단히 껴입었다. 오로라를 보지 못하는 것은 괜찮지만 추위까지는 사절이었다.

나는 이번 여행을 시작한 이유가 무엇이었는지 되돌아보았다. 학원 건물에서 뛰어내린 사람을 목격한 일로 인한 트라우마를 극복하기 위해서, '꿈보다 내가 소중하다.'라는 명제를 고민하기 위해서였다. 지금 상황에 대입하자면 나에게는 오로라를 보겠다는 꿈이 있지만 어찌 되었든 노르웨이 최북단까지 와서 오로라 투어 사무실에 앉아있는 나의 의지가 더 중요한 거란 생각이 들었다.

오로라를 볼 수 있는지 여부와 상관없이 이미 나는 그 계획을 실행한 것이 아닌가? 한국에 앉아있었더라면 오로라를 볼 확률은 0퍼센트였을 텐데 이곳에 왔기에 6퍼센트가 된 것이니 훌륭하다 싶었다. 오로라를 보기 위해 기상 악화를 뚫고 결국 이곳에 와있는 나 자신이 중요한 것이었다.

로포텐 공항에서 기적적으로 날씨가 좋아졌던 것처럼 이번에도 기적이 따른 것일까. 대체자를 찾지는 못했지만 버스 운전기사가 치료 후 한 시간 반 만에 투어 사무실로 돌아왔다. 다소 굳어있던 표정의 투어 참가자들도 실제로 다친 사람을 보자 아무런 불평도 하지 않았다. 오히려 괜찮은지 걱정해 주고 당신이 돌아와 준 덕분에 출발할 수 있게 되었다며 감사와 격려의 말을 건넸다.

이번에도 시간은 좀 걸렸지만 결국 오로라를 보기 위해 출발할 수 있었다. 오로라를 볼 수 없게 막고 있던 우주가 내게 조금씩 길을 열어주고 있었다.

시차 적응도 되지 않은 상태로 하루 종일 비행기와 오로라 투어 일정을 걱정하다 긴장이 풀린 탓인지 갑자기 잠이 쏟아졌다. 오로라를 볼 확률이 높은 지역으로 이동하는 투어 버스 안에서 나는 계속 졸았다. 버스는 링바쇠위Ringvassøy라는 곳으로 한 시간가량을 이동했다. 비몽사몽 중에 도착했다는 소리를 들은 나는 벗어두었던 방한복을 주섬주섬 챙겨 입었다.

그런데 버스에서 내리자마자 가이드가 흰 구름을 가리키더니 오로라가 있다고 소리를 쳤다. 밤하늘 어디를 봐도 캄캄하기만 한데 대체 무슨 소린가 싶었다. 가이드는 재차 흰 구름을 가리키면서 카메라로 찍으면 초록색이 보일 거라고 했다.

아니, 무슨 '지록위마'도 아니고 사슴을 보고 말이라고 소리라도 쳐야 하나 싶었다. 육안으로 볼 때는 희고 작은 구름 조각처럼 보이는 것들이 까만 밤하늘 위를 떠다니고 있었다. 그래도 30분 정도 기다리자 좀 더 길고 특이한 모양의 구름이 꽤 자주 물결처럼 나타났다 사라졌다. 가이드의 안내에 따라 카메라 셔터 속도 등 설정을 수정하고 나서야 내가 알던 오로라의 사진이 한 장씩 찍히기 시작했다.

나는 오로라라는 것이 당연히 육안으로 봤을 때도 녹색으로 보이는 것인 줄로만 알았다. 평소 인터넷으로 접한 사진에서는 오로라의 초록색이 선명했으니까 말이다. 하지만 그날 내 눈에 들어오는 것은 구름뿐이었다. 간간이 오로라의 강도가 강할 때는 육안으로도 흰색 부근으로 약한 초록빛과 붉은 빛이 함께 관측되었다.

그래도 분명 자세히 보면 구름과는 구별되는 길고 두툼한

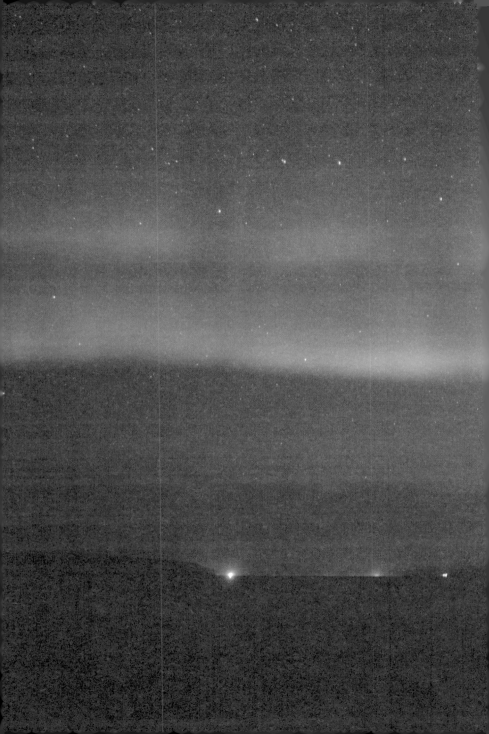

흰 덩어리들이 하늘을 천천히 흘러 다니고 있었다. 이걸 타임랩스time lapse나 영상으로 찍은 사람들은 오로라가 초록빛으로 춤을 추듯 움직이는 모습을 그럴싸하게 담을 수 있었다. 내 상상과는 조금 다른, 카메라 속에서 주로 보이는 신기루 세상이긴 했지만 인생에 한 번은 볼 가치가 있었다.

오로라 관측 포인트가 바닷가여서 돌무더기 위에 융단을 깔고 앉았다. 아르헨티나Argentina에서 왔다는 데보라Debora 할머니가 옆에 앉아 추워하기에 내가 끼고 있던 방한 장갑을 빌려주었다. 갑자기 집에 계신 어머니 생각이 났다.

이곳에선 자신의 장갑까지 벗어 내어주는 일은 별로 없는 것인지 데보라 할머니가 나를 구세주라고 부르면서 가이드와 사람들에게 자랑했다. 장갑 덕분인지 데보라 할머니가 처음 보는 나에게 마음을 열어주어서 함께 오로라 사진을 찍고 잡담도 나누었다. 데보라는 오로라를 보는 게 자신의 꿈이었다고 했다. 사실 몇 년쯤 전에 아이슬란드Iceland에서 먼저 오로라 투어를 시도했었단다.

그때 실패해서 낙담했는데 투어 참가자 중 누군가가 노르웨이 트롬쇠가 오로라를 보기에 더 좋다고 추천을 해주었다고 한다. 그래서 올해 다시 오로라를 보러 왔다는 대단한 할머니였다.

감명받은 내가 그녀에게 꿈을 이루셨으니 이제 다음 목표는 무엇이냐고 묻자 그녀는 남극에 가는 것이라고 했다. 나는 분명히 하실 수 있을 거라며 그녀를 격려해 주었다.

이제 카메라상에 충분히 멋진 오로라가 나타났다. 사진을 찍은 후 함께 오로라를 멍하니 감상하다가 데보라 할머니가 갑자기 울먹이며 말했다.

"솔, 이게 내가 사는 이유야."

적어도 데보라 할머니에게만큼은 오로라는 신기루가 아니었다.

결승점을 눈앞에 둔 레이서의 포기

보험 삼아 이틀 연속 오로라 투어를 예약해 뒀던지라 전날 이미 오로라를 봤음에도 하루 더 오로라 투어를 다녀올지 어쩔지가 고민이었다.

커다란 투어 버스로 멀리까지 다녀왔던 어제와 달리 오늘은 다른 업체에서 진행하는 '개'와 관련된 콘셉트 투어였다. 썰매견 관련 사업을 하는 업체에서 오로라 투어를 진행한다는 게 신기하기도 했고 취소 수수료가 비싸기도 해서 그냥 다녀오기로 했다.

오로라에 대한 환상은 이미 깨진 뒤였다. 하지만 트롬쇠는 해가 일찍 지기 때문에 늦은 오후에는 별다른 할 일이 없는 곳이었다. 딱히 다른 선택지가 없는 저녁 시간에 식사까지 포함된 투어에 다녀오는 것은 나쁘지 않은 선택지로 보였다.

집합 시간이 되어 투어 버스에 탑승하자마자 거센 빗줄기

가 내리기 시작했다. 체감상 날씨가 어제보다 좋지 않았고 설상가상으로 오늘의 투어는 어제처럼 오로라를 쫓아다니는 것이 아니었다. 오로라를 보기 위해서는 먹구름이 보이지 않는 지역을 실시간으로 찾아다녀야 했다.

투어 버스는 자신들의 사업체가 있는 캠프까지만 이동했다. 그제야 왜 썰매견 관련 사업체에서 운영하는 투어인지 알 수 있었다. 투어 참가자들은 썰매견 캠프 인근에 마련된 포근한 천막에서 대기하다가 운이 좋게 해당 지역에서 오로라가 관측되면 그걸 보러 밖으로 나가게 되는 프로그램인 모양이었다. 아무래도 썰매견 업체가 일종의 부업으로 오로라 투어를 진행하는 것으로 보였다.

금세 실망스러운 마음이 들었지만 물가 비싼 노르웨이에

서 식비라도 아낄 겸 다녀오자고 생각했던 것이 떠올랐다. 좋게 보자면 추위에 덜덜 떨었던 어제의 투어와는 달리 오늘은 적어도 따뜻한 천막에서 정성껏 준비된 노르웨이식 요리도 맛볼 수 있을 것이었다.

그리고 그것이 날씨가 좋지 않아 오로라를 보기 힘드니 썰매견 구경이라도 하겠느냐는 투어 가이드의 말을 내가 조금 더 열린 마음으로 받아들일 수 있었던 이유다. 게다가 오로라라면 어제 실컷 보지 않았나. 기대도 하지 않았던 썰매견 구경. 새끼 시베리아허스키들이 너무 귀여웠다. 비 때문에 찐득해진 흙발로 좋다고 달라붙어 대서 내 방수 외투를 더럽혀 놓았지만 말이다.

개 구경을 마치니 저녁 식사 시간이 되었다. 좀 더 큰 천막으로 이동해 식사를 기다리는 동안 자연스럽게 다른 여행자들과 이야기를 나눌 기회가 있었다. 그중 홀로 여행 온 프랑스 여행자 및 네덜란드인 커플과 주로 이야기를 나눴다.

프랑스 여행자는 필름 메이킹 학과를 갓 졸업한 대학생이었고 네덜란드인 커플은 각각 벽 수리공과 반려견 양육사였다. 우리 모두는 잠시 인생에서 숨을 고르며 여행하고 있는 사람들이라는 공통점이 있었다. 인생 이야기를 실컷 나누다가 내가 한국에서부터 고민해 온 화두를 꺼내며 그들의 의견을 물어보았다.

"내가 최근 곱씹어 생각해 보고 있는 명제인데, '꿈보다 내가 소중하다.'라는 말에 대해서 어떻게 생각해?"

대부분 이 명제에 동의했으나, 네덜란드 남자가 반론을 제기했다.

"꿈이 없으면 너는 많은 걸 포기하게 될 거고 힘든 시간을 보내게 될 거야. 꿈은 사람을 지탱하는 원동력이야. 살아가는 힘을 주니까!"

꿈이 소중하지 않다는 뜻은 아니었는데 아무래도 의미 전달이 잘못되었나 싶어서 나는 다시 이야기했다.

"나도 꿈을 잃어버렸던 시절, 어려운 시간을 보내본 경험이 있어서 동의해. 그런데 내가 하려던 말은 그게 아니야. 예를 들어서 내 꿈은 10년 전에는 회계사였고 이후에는 경영학 관련 학자가 되고 싶었어. 다음으로는 비영리 기구 인사 담당자가 됐고 지금은 공인 노무사 시험 결과를 기다리고 있지. 붙을지 떨어질지 알 수 없어. 앞으로 내 삶이 어떻게 변할지 아무도 몰라. 하지만 인생 모든 순간, 모든 꿈이 나에게는 소중했어.

내가 말하고 싶은 건. 당연히 꿈은 사람에게 원동력일 거야. 하지만 꿈이 이루어지지 않는다고 해서 내 존재 가치가 없어지는 것은 아니라는 말이야. 살아오면서 이루어 낸 꿈이 있고 이루어 내지 못한 꿈도 있겠지. 꿈이 바뀔 때 가끔은 좌절하고 절망했지만 모든 꿈을 이끌어 가는 건 언제나 '나'였어. 그러니까 꿈보다 내가 소중하다는 뜻이야. 내가 없으면 꿈도 없으니까."

네덜란드 남자는 그제야 다시 생각에 잠겼다. 한국에서는 꿈의 좌절 때문에 건물에서 뛰어내리는 일도 꽤 있다는 이야기까지 들려주자 반려견 양육사 일을 그만두었다는 네덜란드 여자는 이제 더욱 무슨 말인지 이해하겠다며 재차 고개를 끄덕였다. 짧은 토론과 농담들, 서로에 대한 격려와 응원을 나누고 우리는 트롬쇠로 돌아와 헤어졌다.

투어 내내 보이지 않던 오로라가 버스에서 막 내린 내 눈앞에 거짓말처럼 잠시 나타났다가 사라졌다. 어제는 다섯 시간 내내 볼 수 있었기 때문인지 오로라를 본다는 게 얼마나 어려운 일인지 체감하지 못했다. 그런 의미에서 오늘은 제대로 오로라를 보지 못해 오히려 다행이라고 생각했다. 어제 정말 소중한 경험을 했다는 것을 다시금 느낄 수 있었으니 말이다.

오늘 투어에서는 오로라 대신 다른 중요한 것을 보고 배울 기회가 있었다. 우리는 천막에서 오로라가 나타나기를 기다리는 동안 홍보 영화 한 편을 보게 되었다. 영화 내용은 투어 업체에서 실제로 참가했던 노르웨이 전국 개 썰매 경주였다. 총 1200킬로미터 구간 도중 결승선을 130킬로미터 앞두고 선두로 달리던 참가자가 개의 건강을 염려해 경주를 그만두는 내용이었다. 거의 우승이 확정된 상태였음에도 말이다.

한국 같았으면 "그래도 끝까지 해야지.", "1등으로 달렸어도 포기했다면 의미가 없는 거다.", "결과적으로 패배한 거야.", "그것도 못 참냐." 등등의 리뷰가 뒤따를 만한 내용이었다. 하지만 해당 영상에서는 레이서가 포기를 결정한 순간, 그때까지 응원하고 있었던 가족과 동료들이 의외의 반응을 보였다.

"지금까지 알던 너의 모습 중 가장 자랑스럽다."

"승리보다 개의 건강을 위하다니 대견하구나."

"네가 그렇게 결정한 이유가 있을 거라 생각해."

영상은 선수와 가족, 동료들이 서로 끌어안으면서 '레이스는 다음에 또 있으니까.'로 결론을 맺으며 끝이 났다. 홍보를 위한 영화인데 무언가를 성취하는 것을 결말로 내세운 것이 아니라 포기하는 것에 초점을 맞췄다는 점이 놀라웠다. 20분 남짓한 짧은 영화였지만 내게는 한국에서 고시생으로 살던 삶과 대비되어 내가 앞으로 추구하고자 하는 길을 드러나게 해주는 영화였다. 꿈을 진지하게 꾸되 꿈보다 나 자신을 더 중요하게 여기자고 생각했다.

꿈은 소중하지만, 나보다는 덜 소중한 것이니까.

노르웨이 양조장의 손님

오로라 투어를 이틀 연속으로 마치고 새벽 늦은 시간에 숙소로 돌아오자 몸이 무거웠다. 북유럽으로 여행을 온 이유 중 하나는 꿈을 추구하는 과정에서 돌보지 못한 나 자신을 존중해 주며 삶의 여유를 되찾는 것이었다. 북유럽 하면 '휘게'가 떠오를 정도로 휴식이 중요한 나라니까 저절로 문화의 영향을 받으며 나도 내 삶을 존중하는 방법을 배울 수 있을 듯했다.

오슬로에서 노을을 보며 여유를 느끼던 모습과 스스로를 위로하며 울먹였던 모습은 이미 어디론가 사라지고 없었다. 여유는커녕 새벽 시간까지 알뜰하게 쓰고 지쳐버린 채 숙소로 돌아오는 내 모습은 누가 봐도 휴식과는 거리가 있었다. 이러다가 여행의 목적을 잊어버릴지도 모른다는 위기감에 일부러라도 늦잠을 잤다.

느지막이 10시쯤 일어나니 호스텔 공용 거실에는 아무도 없었다. 나는 아무 일정도 세우지 않고 텅 빈 거실 테이블에서 휴식을 즐기며 여유 있게 차도 한잔 마셨다. 그제야 마음이 편안해졌다. 오전 10시면 아직 늑장 부리는 투숙객이 분명히 있을 만한데도 소규모 호스텔이라 그런지 운 좋게 충분한 여유를 즐길 수 있었다.

그러다 문득 어제 길을 걷다 본 양조장이 생각났다. 검색해 보니 노르웨이에서 손꼽히는 '맥 브뤼게리Mack Bryggeri'라는 맥주 양조장이었다. 오슬로에서 랍스터수프와 함께 추천받았던 노르웨이 유명 맥주 브랜드이기도 했다. 나와 인연이 있구나 싶었다. 인터넷 홈페이지를 살펴보니 예약하면 양조장 가이드 투어에도 참가할 수 있는 모양이었다. 짧게 진행되는 투어라 휴식 일정에도 크게 지장이 없을 듯했다. 노르웨이 양조장 투어라니 이것이야말로 나 스스로에게 주는 '휘게'일지도 모른다는 생각이 들었다.

온라인으로 투어를 신청하고 멍하니 앉아있다가 보니 어느새 점심시간이 되어 배가 고파왔다. 보통 북유럽 여행에서는 돈을 아끼기 위해 끼니를 마트에서 사 먹는다고 한다. 하지만 나는 또 언제 노르웨이에 오겠나 싶은 마음에 레스토랑으로 향했다. 나 자신을 위로해 주기 위해서 온 여행이니만큼 아끼려다 속병 나는 것보다는 낫지 싶었다. 심지어 오후에는 맥주도 마실 예정이라 속을 든든히 채워둘 필요가 있었다. 마침 근처에 꽤 맛집으로 소문난 레스토랑이 있기에 나는 숙소를 나와 천천히 걸었다.

레스토랑 근처에 뱅크시Banksy 풍의 낙서가 있었다. 마침 곁을 지나가던 사람에게 물어보니 뱅크시 작품이 맞다고 했다. 쫓아오는 경찰을 피해 휠체어를 타고 도망가는 사람을 표현한 익살맞은 화풍이 누가 봐도 뱅크시의 것이었다. 세상을 풍자하기도 하고 따뜻하게 감싸기도 하는 이 작가를 싫어하는 사람은 드물 것이다. 휴머니즘으로 세상에 맞서는 영웅 같달까. '꿈'과 '경쟁'을 동의어로 외치며 맹목적인 성장만을 요구하는 사회에 '꿈보다 내가 소중하다.'라는 메시지를 전하고 싶은 나에게는 그가 마치 선구자 같은 존재로 느껴졌다.

레스토랑에 도착한 나는 런치 메뉴 '오늘의 수프'와 '오늘의 생선'을 시켰다. 가격이 합리적이고 맛이 기가 막혔다. 원체 초등학생 입맛인 내가 평소 같으면 시도도 하지 않았을 콜리플라워cauliflower에 올리브유가 가미된 야채수프였는데 재료 하나하나가 각각 존재감을 드러내면서도 전체적인 조화가 뛰어났다. 그동안 왜 콜리플라워를 싫어했을까 싶을 정도로 요리가 주는 감동이 있었다.

노르웨이 요리는 재료 본연의 맛을 모두 살리는 게 특징이라고 한다. 그 특징을 사람 간 관계에도 적용할 수 있겠다는 생각이 들었다. 재료가 각각의 맛을 잃어버리기보다는 각자의 존재감을 뽐내면서도 훌륭한 요리로 완성된다는 점을 말이다. 우리가 사는 사회 역시 노르웨이 요리처럼 개인의 특성을 존중하면서도 전체적으로 어우러질 수 있지 않을까 싶었다. 다시 말해 검열된 꿈을 꾸는 사람들만이 아니라 꿈을 제멋대로 자유로이 꾸는 사람들도 모두 인정받는 사회 말이다.

트롬쇠 중심가 자체가 크지 않아 식사를 마친 뒤 동네를 한 바퀴 둘러보다가 양조장으로 향했다. 잠시의 기다림 후 참가자가 모두 도착하자 우리는 가이드를 따라 양조장 내부로 향했다. 본격적인 투어를 앞두고 양조장의 역사를 소개하는 홍보 영상을 시청했다.

영상에 따르면 '맥'이라는 노르웨이 맥주 브랜드는 꽤 오랜 역사를 자랑하고 있었다. 무려 1877년부터 있었던 양조장

LANES

ELVIS
IGGY
JOKKE

으로, 1939년 화재로 건물이 소실되었을 때 오히려 설비 현대화에 투자하며 그 일을 재도약의 기회로 삼았다는 점이 인상적이었다. 미국 코카콜라 그룹이 생산하는 음료를 노르웨이에서는 맥이 전담으로 생산하고 있을 정도로 시설이 현대화되어 있다고 했다.

가이드를 따라 천천히 설비를 둘러보기 시작했다. 투어를 통해 둘러볼 수 있는 시설은 한정되어 있었다. 하지만 맥주 보관 용기 제작부터 시작해 어떤 절차를 거쳐 맥주가 최종 생산되는지까지 전체 과정의 핵심은 모두 접할 수 있었다.

그중 인상적인 곳이 한 군데 있었다. 신상품을 개발하는 연구 동이었다. 연구 직원 각자가 담당하는 양조 설비 바깥 면마다 자신만의 브랜드 이미지가 그려져 있었다.

단순히 재미로만 하는 것이 아니었다. 자체 투표에서 1등을 하는 시제품은 해당 브랜드 이미지와 이름을 반영해 제품화된다고 했다. 직원 모두가 책임감을 가지고 자신의 브랜드를 자유분방하게 만들고 있다는 점이 인상 깊었다. 얼굴도 모르는 맥 직원들의 패기나 자부심이 단순 관광객의 눈에도 생생하게 보일 정도였다.

투어를 마치고 양조장 바로 옆에 있는 욀할렌Ølhallen이라는 펍pub으로 넘어갔다. 트롬쇠에서 가장 오래된 펍이라는 이곳은 맥 브뤼게리에서 직영하고 있는 곳이라고 했다. 맥의 수

십 가지 종류 맥주를 경험해 볼 수 있었다. 나는 양조장 직원들의 패기와 자부심을 느끼며 한껏 신났던지라 가격이 얼마인지 묻지도 않고 바텐더에게 흑맥주를 추천해 달라고 부탁했다.

바텐더는 나를 힐끗 보더니 알코올 도수가 높은 맥주를 원하는지 낮은 맥주를 원하는지 물었다. '네가 마셔봤자 얼마나 마시겠냐?' 하는 눈빛이었다. 내가 마치 동양인을 대표해서 온 사람 같은 태도로 비장하게 "당연히 높은 거지!"라고 대답했더니 바에 앉아있던 사람들이 재미있다는 표정으로 쳐다봤다. 바텐더도 도전장을 받아들이겠다는 듯 펍에서 손님을 재워주지는 않으니까 잠은 꼭 숙소에 가서 자라는 농담을 건넸다.

바텐더는 작은 맥주잔을 보여주며 이 정도 양이면 되겠느냐고 물었다. 우리나라로 따지면 300밀리리터 정도 될 만한 크기의 잔을 본 나는 다시 "지금 나랑 장난하는 거냐?"라고 장난스레 답했다. 그는 내가 맥주에 진심이라는 걸 느낀 듯, 웃으면서 욕을 하더니 다시 큰 잔을 채워주었다. 그런데 막상 계산서를 마주하니 도전이고 뭐고 가이드 투어로 들끓었던 호기가 급격히 식었다.

약 700밀리리터 흑맥주 한 잔이 우리나라 돈으로 3만 원이었다. 그제야 주세가 70퍼센트라는 노르웨이의 현실이 떠올랐다. 정찰제 가격이 벽면 상단에 붙어있는 걸 보니 바가지도 아니고 정가가 맞았다. 무슨 문제라도 있냐는 듯 바라보는 바텐더에게 나는 가격에 놀란 티를 내지 않고 당당하게 카드를 건

넸다. 하지만 이것저것 여러 잔을 마셔보려던 포부는 자연스레 가라앉았다.

투어가 끝난 시각은 오후 4시 반에 불과했다. 하지만 해가 일찍 지는 탓인지 펍은 이미 노르웨이어를 쓰는 동네 사람들로 가득했다. 빈자리를 찾기 힘들 정도로 붐볐다. 관광객들이 호기심에 들어왔다가 그 분위기에 놀라 구석 자리에 잠시 앉아있다가 도로 나가버리기도 했다. 나는 자리를 찾아 헤매다 홀 가운데 있는 2인용 테이블에 앉았다. 딱 그 자리만 비어있었기 때문이다.

그런데 왜 그 자리만 비어있는지 알 수 있을 듯했다. 펍 구조상 그곳은 어떤 자리에서든 잘 보이는, 말하자면 모든 손님의 시야에 걸려있는 자리였다. 그 점이 부담되어서 아무도 앉지 않았던 건가 싶어 나도 잠시 고민했지만 이내 커다란 맥주 잔을 들고 가서 거기에 앉았다.

동네 할아버지들은 큰 잔 가득 도수 높은 맥주를 채워 들고 앉은 동양인이 신기했던 모양이다. 그중 한 명이 내 쪽으로 입을 동그랗게 말아 보이며 놀라는 표정을 보여주었다. 아마 색깔을 보면 어떤 맥주인지 대충 짐작이 가는 모양이었다. 나는 웃으면서 눈으로 인사를 건네고 한 입 마셨는데 10도 가까이 되는 느낌이었지만 생각보다 괜찮았다. 나는 나를 구경하고 있는 할아버지 쪽으로 엄지를 치켜들어 보였다.

그들은 계속 내가 있는 쪽을 쳐다보며 이야기꽃을 피우고 있었다. 내가 일어나서 카운터에 와이파이 비밀번호를 보러 갔다 왔더니 대화에서 "와이파이"라는 단어가 들린 걸 보면 나를 주제로 이야기하고 있다는 걸 눈치껏 알 수 있었다.

인종차별적 시선이 아니라, 낯설지만 호기심이 가는 동양인 손님을 보는 호의적인 시선으로 느껴졌다. 그런 종류의 시선은 오히려 즐기면서 흘려보낼 수 있었다. 예민한 편인 나에게 지금까지의 모든 여행을 통틀어 이렇게까지 인종차별에서 자유로운 느낌은 처음이었다. 노르웨이의 전반적 분위기가 이런 것인지 트롬쇠의 분위기만 특별한 것인지 알 수 없었지만 말이다.

재료의 개성을 모두 존중하는 노르웨이 요리, 자유분방함을 포용하는 맥주. 트롬쇠 사람들은 펍에서 만난 나 역시 단순히 신기한 동양인이 아닌, 함께 어우러질 수 있는 개성을 가진 한 명의 술친구로 바라보며 흥미를 느끼는 듯했다. 이토록 관심을 가져주며 환영해 주는 유럽 국가라니. 아무래도 나는 그날 노르웨이와 사랑에 빠져버린 것 같다.

나에게 선물한 최고의 하루

서른넷까지의 삶을 아무리 되돌아봐도 나 스스로에게 특별한 대접을 해준 기억이 거의 없었다. 기껏해야 4년 전 두 번째 산티아고 순례가 끝난 후 마음껏 먹고 논 기억이 전부였다. 나는 항상 나 자신에게 인색하게 굴었다. 예를 들어 타인의 생일에는 흔쾌히 선물을 사도, 내 생일에 스스로를 위해 무언가를 사거나 돈을 쓴 기억은 거의 없었다.

대신 여행을 많이 다니긴 했다. 하지만 여행에서도 숙소는 늘 호스텔이나 에어비앤비Airbnb, 저렴한 비즈니스호텔이었다. 물론 그 덕에 더욱 많은 곳을 돌아다니고 자금도 모을 수 있었던 것이지만, 갑자기 서른넷까지 그래왔다는 게 억울하다는 생각이 들었다. 몸이 주인을 잘못 만나 고된 일상을 떠나 여행지에 와서도 고생만 하고 다닌 셈이 아닌가.

딱 하루 정도는 최고의 날로 만들어 스스로에게 선물을 주고 싶다는 생각이 들었다. 오로라 투어만큼이나 비용이 비싸서 고민했던 피오르 보트 투어, 그리고 인터넷 리뷰마다 트롬쇠에서 가장 맛있다고 찬사를 보내는 해산물 파인 다이닝 레스토랑을 예약했다. 거기에다 다음 날 숙소까지 가장 좋은 곳들 중 한 곳으로 예약했다. 무리를 한 것이다. 태어나서 나를 위해 쓴 돈 중 가장 많은 돈을 하루 만에 쓰게 생겼다. 하지만 생각보다 나 자신을 위해 돈을 쓰는 기분이 나쁘지 않았다.

아침 일찍 숙소에서 나온 나는 동네 카페에 가 따뜻한 커피와 빵으로 아침을 해결하고 트롬쇠 피오르 투어에 나섰다. 피오르 투어에 참가 신청을 할 때 조금은 염려했던 것이 '군중 속의 고독'이었다. 오로라 투어와 달리 삼삼오오 무리 지어 참

가한 사람들 틈바구니에서 나 홀로 보내야 했다. 꽤나 긴 시간을, 좁은 보트 안에서.

오로라 투어에는 다행히 데보라 할머니나 홀로 온 프랑스 여행자가 있었지만 피오르 투어에도 홀로 온 여행자가 있을 거라고 장담할 수 없었다. 보트에 들어가 보니 역시나 피오르 투어 참가자들 대부분이 커플이거나 가족, 친구로 구성된 그룹이었고 내가 유일한 '나 홀로 여행자'였다.

그러나 파울로 코엘료Paulo Coelho가 말했다. "여행은 결혼 전까지는 혼자 가는 것이다."라고. 최고의 하루를 위해 나에게 선물한 투어이니까 홀로 있는 시간을 즐기는 쿨한 여행자의 모습을 연기하기로 했다. 나는 한쪽 구석 자리에 여유로운 표정으로 앉은 채 중간중간 가이드가 설명하는 말들에 공감한다는 듯 웃으며 고개를 성실히 끄덕였다. 가이드의 주의 사항과 일정 안내가 끝난 후 다른 참가자들은 서로 수다를 떨며 그 시간을 즐겼다. 나는 홀로 외로워하고 싶지 않아 방한복을 챙겨 입고 갑판으로 나갔다.

의욕 넘치게 신청한 투어였으나 오로라 투어 때와 마찬가지로 날씨가 좋지 않았다. 내가 유독 운이 없는 것이 아니라 원래 10월은 날씨가 좋지 않아 북유럽 여행 비수기라고 했다. 여름과 달리 조금씩이라도 거의 매일 비가 오는 기간이기에 해가 뜨는 날을 찾기가 더 힘들 지경이었다. 대신 사람이 적어 여

유 있는 북유럽 여행을 즐길 수 있다는 매력이 있었다.

영하의 기온이었지만 방한복과 그 위에 껴입은 방수 외투가 꽤나 따뜻해서 갑판 위에서도 생각보다 그리 춥지 않았다. 방한복에 달린 후드를 완전히 뒤집어쓰고는 괜스레 여유로운 표정을 지어 보았다. 혼자서도 전혀 외로워하지 않고 바닷바람을 즐기는 거친 한국인의 모습을 다른 관광객들에게 보여주고 싶었다.

갑판 주변을 날아다니는 갈매기나 독수리가 눈에 들어왔다. 사람을 겁내지 않는지 배 가까이 날아들었다. 제주도였더라면 이미 새우깡이라도 한 봉지 뜯었을 텐데. 어쩐지 전체적으로 한국과 크게 다를 것 없는 모습에 나는 별 감흥을 느끼지 못하고 있었다. 그런데 그때 눈에 들어온 트롬쇠 외측 바다를 둘러싸고 있는 피오르가 안개 속에 숨어있는 풍경에 그제야 새삼 여기가 노르웨이구나 싶었다. 먼 여행을 떠나왔다는 사실이 실감 났다.

동양인이 혼자 갑판에서 추운 바람을 즐기고 있는 모습에 투어 직원부터 시작해서 참가자들까지 먼저 다가와 내게 인사를 건네고 사진을 찍어주었다. 사실 외로운 것을 티 내기 싫은 허세였는데 말이다. 인사를 한 후 서로 이야기를 나누다 보니 나를 포함한 참가자들 간에 공통점이 있었다. 바로 노르웨이 트롬쇠 여행이 버킷 리스트에 있었다는 것이다. 사랑하는 사람과 함께 버킷 리스트 속 소망을 이루러 온 모습이 너무 보기 좋았다.

되돌아보니 나는 오로지 혼자서만 해외를 오래 돌아다녔다. 아이슬란드 빙하 호수나 폭포, 스페인 산티아고 순례길, 스위스Switzerland 마테호른Matterhorn, 스웨덴 고틀란드Gotland 등등 좋았던 여행지들이 머릿속으로 스쳐 지나갔다. 너무 좋은 기억으로 남아있는 곳들이다. 하지만 홀로 여행할 때 가장 아쉬운 순간은 숨이 멎을 듯 아름다운 광경을 보고도 감상을 함께 나눌 사람이 없을 때다.

다시 말해 같은 시간의 추억을 영사하듯 누군가와 함께 대화로 풀어낼 기회가 없다는 뜻이다. 같은 공간에 가보았다고 해도 동 시간대에 함께 있지 않았다면 그것은 결국 다른 경험이니까 말이다. 버킷 리스트를 이루기 위해 함께 오는 사람들

을 보며 처음으로 여행을 누군가와 함께 하는 것도 괜찮겠다는 생각이 들었다.

투어를 진행하는 직원은 선장을 포함해 셋이었는데 그중 한 명이 유독 친절했다. 노르웨이인들은 아무리 친한 사이라도 서로 2미터쯤은 거리를 두려고 한다고 들었다. 그 정도가 서로 편안함을 느끼는 거리라는 것. 실제로 내가 길을 묻기 위해 가까이 다가가면 노르웨이인들은 깜짝 놀라며 뒤로 물러서곤 했다. 하지만 토머스Thomas라는 이름의 직원은 먼저 거리를 좁히며 성큼성큼 다가와 나에게 낚시를 가르쳐 주었다. 아마 홀로 투어에 참가한 관광객에게 마음이 쓰였던 모양이다.

나는 그에게 고마운 마음을 담아, 당신을 포함해 지금까지 만난 모든 노르웨이인이 따뜻한 마음으로 나를 대해줘서 감동적이었다고 말했다. 그는 그 말이 꽤 좋았던지 거의 내 옆에 붙어서 낚시 과외를 해주었다.

실제 미끼가 아닌 루어lure를 이용하기 때문에 지깅jigging까지 해야 하는 고난도 낚시였다. 그럼에도 토머스 덕분에 낚시 첫 경험인 내가 투어 그룹에서 맨 먼저 성공할 수 있었다. 심지어 가장 큰 대구를 낚아 올렸다. 내가 끌어올리자마자 여기저기서 "바칼라우bacalhau(대구)!"를 신나게 외쳐댔다. 낚싯대의 수가 충분치 않기에 나는 뒤에서 구경하고 있던 노르웨이 고등학생에게 낚싯대를 넘겨주었다. 자기는 괜찮다며 사양하려는 그 학생에게 나는 무엇이든 경험해 보는 건 좋은 것이니까 사양하지 말라고 하며 낚싯대를 손에 쥐여주었다. 말로는 괜찮다더니 막상 낚싯대를 쥐니 엄청 열심이었다.

여기저기서 관광객들이 하나둘씩 대구를 더 낚아 올리다 보니 다시 트롬쇠로 돌아가야 할 시간이 되었다. 어떻게 지나가 버렸는지 모를 정도의, 제발 끝나지 않길 바랐던 시간이었다. 돌아오는 길이 너무 속상할 정도로 내내 계속되기만을 바랐던 시간이 여행 중 얼마나 있을까 싶었다. 개인적으로는 오로라 투어보다도 더 좋았다. 물론 오로라를 보는 경험도 가치 있었지만, 오로라를 카메라 없이 육안으로는 잘 볼 수 없었다 보니 솔직히 말해 김이 빠진 측면도 있었던 것이다.

그에 반해 피오르 보트 투어는 북극해와 닿아있는 노르웨이 피오르를 육안으로 생생하게 볼 수 있었다. 또 손으로 월척을 낚고 입김을 뿜으면서 실재하는 감동을 느낄 수 있었다. 다시 말해 손으로 잡히는 행복이라서 더 실감이 났다고나 할까.

투어 참가자들이 낚은 대구는 토머스가 직접 카레 가루를 뿌려서 구워주었다. 한 조각씩 입에 넣었다. 직접 잡은 생선을 입에 넣을 때의 감동과 행복은 이루 말할 수 없는 것이었다. 이래서 사람들이 낚시에 빠지는 거구나 싶었다. 심지어 북극과 마주 보고 있는 트롬쇠에서 손으로 직접 물고기를 낚아 올리는 행복감이라니. 정말 좋은 기억으로 남을 터였다. 감동한 나는 투어가 끝난 후 가이드 토머스의 명함을 받았다. 그가 나에게 정말로 최고의 하루를 선물해 주었으니 무엇이라도 보답을 해주고 싶었다.

토머스에게 직접 팁을 줄 타이밍을 놓쳐서 나는 우선 다시 트롬쇠 시내로 향했다. 고민하다가 욀할렌 펍으로 갔다. 맥브뤼게리에서 직영하는 데다 동네 주민들이 아주 많이 모이는 곳인 만큼 그 마을의 랜드마크 같은 곳이리라 생각했다.

나는 펍 직원에게 토머스의 명함을 내밀며 내가 맥주 두 잔 정도를 선결제할 테니 혹시 토머스에게 전화로 알려줄 수 있는지 물었다. 안 된다는 답이 돌아왔다. 일전에 나와 서로 농담을 주고받았던 직원은 도와줄지도 모른다는 생각이 들었지만, 쉬는 날인지 그는 보이지 않았다. 전화 한 번 걸어주는 게 그리 힘든 일도 아닐 텐데 좀 야박하다 싶을 만큼 단호했다.

안타까운 마음으로 호스텔로 돌아왔다. 옆자리를 쓰는 일본인 여행자에게 내가 대구를 낚은 사진을 자랑했더니 자기도 이 투어를 꼭 하고 싶다며 부러워했다. 나는 바로 이거다 싶어 속으로 유레카를 외치고는 토머스가 운영하는 피오르 보트 투어 업체를 그에게 추천해 주며 명함을 건넸다. 거의 영업 직원이 따로 없었다. 일본인 여행자는 명함의 번호로 전화를 걸어 예약을 끝냈다. 나는 이로써 토머스에게 팁보다 값진 보답을 한 셈이었다.

혹시나 일본인 여행자가 투어 장소를 찾지 못해 헤맬까 싶었던 나는 다음 날 집합 장소로 안내도 해주기로 했다. 마침 이튿날 내가 묵을 고급 호텔 정문이 바로 투어 집합 장소였던지라 나로선 귀찮을 것도 없었다. 결국 나, 일본인 여행자, 토머스 모두에게 좋은 일종의 공리주의가 완성된 것이었다.

보트 투어로 얼어붙은 몸을 녹일 겸 숙소에 누워 충분히 휴식한 후 예약해 둔 해산물 레스토랑으로 향했다. '피스케콤파니에트Fiskekompaniet'라는 이름의 레스토랑이었다. 나는 1인 손님이었음에도 바다가 보이는 좋은 자리로 안내되었다. 이미 해가 져서 바다는 어두컴컴해져 있었지만 근사한 조명 아래 자리를 잡고서 정성껏 요리된 음식을 음미하며 바다 풍경을 즐길 수 있다는 것은 내 삶에서 거의 없었던 대단한 사치였다.

비싸긴 해도 모든 요리가 만족스러웠다. 저번에도 느꼈듯 노르웨이 요리는 재료들이 각자 개성을 뽐내면서도 전체적으로 조화롭게 잘 어우러졌다. 재료 모두가 각각 자기를 쓰다듬어 달라고 보채는 강아지들 같았다. 양파, 오이, 호박씨, 조개관자 등 식재료들의 제대로 된 가치를 내가 지금껏 모르고 살았구나 하는 생각마저 들었다.

한국 사회의 경쟁 속에서 인정받으려는 삶만 추구하며 살아온 내게 '너 자체로도 개성 있는 하나의 재료이고 본연의 맛이 있다.'라는 위로를 건네는 것 같아서 큰 감동을 받았다. 직원이 요리를 가져다줄 때마다 나는 그에게 연신 기쁜 마음을 표현하기 바빴다. "이건 10점 만점에 10점이에요.", "이건 요리

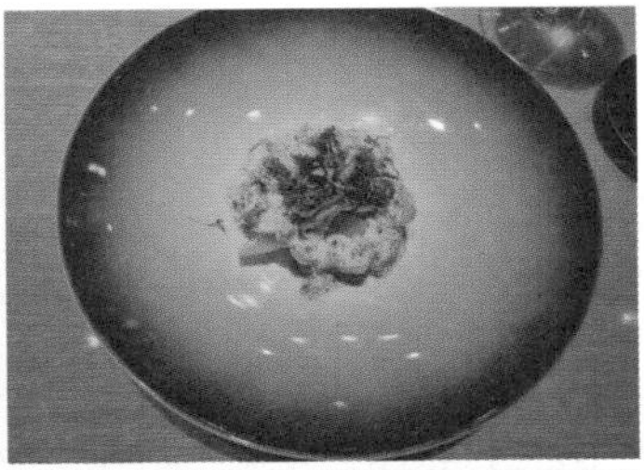

가 아닌 예술의 경지에 다다랐어요. 완벽해요.", "심지어 접시의 색까지 요리와 콘셉트가 잘 맞네요." 등등 표현을 풍부하게 해주었더니 직원이 나에게 더욱 친절하게 잘해주었다. 과한 친절을 바라고 한 행동은 아니었는데, 그로부터 거의 특별 대우를 받았다.

세계 어디서든 자기 일에 자부심을 가진 사람들에게 존경을 표현하는 것은 보람찬 일이었다. 여행할 때마다 나는 마음으로 주는 팁의 중요성을 깨닫곤 했다. 돈이 드는 것도 아닌 칭찬에 진심을 담아 전달하면 보람은 배가 되어 돌아왔다.

여섯 가지 요리가 나오는 코스였다. 총 세 시간 동안 식사가 진행된 것은 여러 의미로 대단하다 할 만했다. 내가 천천히 먹은 것도 아닌데 요리당 30분 정도의 간격을 두고 식사가 진행되었다. 일종의 '맛 투어'라고 생각되었다. 들어간 돈이나 시간이나 하나의 투어로 봐도 무방할 정도였으니 말이다. 나는 고마운 마음을 담아 계산할 때 팁을 추가해 달라고 했고, 북유럽에 사는 지인이 조언해 준 대로 적당한 금액을 더했다.

최고의 하루를 선물해 준 토머스와 해산물 레스토랑 직원들에게 진심으로 보답하려는 마음을 담았더니, 신기하게도 오히려 내 마음이 더 행복하고 풍족해졌다. 좋은 것을 보고, 좋은 경험을 낚고, 좋은 사람들을 알게 되고, 좋은 것을 먹고 마신 날이었다. 오늘만큼 행복했던 날은 인생 전체에서 꼽아봐도 그리 많지 않았다.

그동안 나는 나도 모르게 스스로를 혹독하게 몰아붙이는데 익숙해져 왔다. 하지만 노르웨이에서, 그런 나에게 가장 행복한 최고의 하루를 선물해 주었다.

너는 정말 유명한 작가가 될 거야

며칠 내내 추적추적 비가 오던 트롬쇠 시내인데, 눈을 뜨니 하루 만에 하얗게 눈 세상이 되어있었다. 가을의 정취가 느껴지던 트롬쇠가 금세 흰옷으로 갈아입은 것이다.

아침 일찍 일본인 여행자를 보트 투어 장소에 데려다준 나는 토머스에게 "팁 대신 친구 소개"라며 농담을 건넸다. 웃으면서 하이파이브 하는 토머스와 즐거워하는 일본 여행자를 뒤로하고 나는 호텔에 짐을 맡긴 뒤 도시를 거닐었다.

커피를 한잔하고 싶어서 카페에 들어갔는데 놀랍게도 노르웨이에서도 아이스커피를 팔고 있었다. 유럽에서는 죄다 따뜻한 커피만 마시는 줄 알았다. 나는 직원에게 아이스커피는 한국에서만 인기인 줄 알았는데 노르웨이에도 있어서 신기하다고 말했다. 그랬더니 직원은 반대로 한국의 아이스커피 문화를 신기해했다.

대뜸 직원이 나에게 트롬쇠에서 눈을 본 소감이 어떠냐고 물었다. 트롬쇠의 분위기가 고즈넉해서 눈과 너무 잘 어울린다고 대답했더니 그게 아니라 '눈을 본 소감'이 궁금하단다. 순간 내가 이해를 잘못했나 생각하다가 "한국에서도 눈을 볼 수 있는걸?" 하고 대답했더니 그는 굉장히 놀라워했다. 아마 한국을 정글이 울창한 열대 동남아 국가로 생각했나 보다.

트롬쇠에 5일씩이나 있다 보니 딱히 할 일이 더 남아있지 않았다. 흥미로운 투어도 다 해본 것 같으니 좋은 호텔에 묵기 전에 여유 있게 동네를 돌아다니고 싶었다. 그러고선 오후까지 충분히 쉬다가 노을이 질 무렵에 유명한 산 전망대에 올라가 보기로 했다.

카페를 나와 눈이 쌓인 거리를 거닐었는데 주말이라 평일보다 꽤나 한적했다. 거리를 걷다가 길거리 핫도그 숍에서 순록 고기 핫도그를 사 먹기도 했다. 아이슬란드 레이캬비크Reykjavik에서 보았던 핫도그와 거의 흡사했다. 북유럽에서는 어딜 가나 이런 핫도그 가게가 한 군데 정도는 있었다.

주인아주머니가 유독 흥이 많았다. 내가 메뉴 추천을 부탁드렸더니 어느 것을 먹어도 춤을 추게 될 정도로 맛있을 거란다. 그녀에게 세뇌당한 건지 잠시 후 근처 벤치에서 핫도그를 먹던 나는 피클의 상큼한 맛에 어느새 고개를 흔들거리고 있었다.

호텔 체크인 시간이 되어 잠시 숙소에 들렀다가 동네를 휘적거리며 돌아다녔다. 작은 박물관에 들러 전시를 관람하기도 했다. 노을이 지기까지 꽤 시간이 남았지만 더 이상 흥미를 끄는 곳도 없고 해서 조금 이른 시간에 케이블카를 타고 산 위에 올라보고 싶었다.

산이 있는 트롬쇠 반대쪽으로 긴 다리를 걸어서 건너가는데 갑자기 강한 눈보라가 휘몰아쳤다. 구름이 짙게 깔리면서 해를 덮고 별 사탕 같은 우박이 바람을 타고 이리저리 날아들었다. 너무하다 싶을 정도로 날씨가 변덕이 심했다. 분명 방금 전까지 맑았는데 금세 눈보라와 함께 하늘이 어두워지는가 하면 30분 만에 언제 그랬냐는 듯 맑아지는 식으로 사람을 들었다 놨다 하길 반복했다. 날씨가 좋지 않을 때는 케이블카 운영을 하지 않는다고 들었던 터라 다시 다리를 건너 호텔로 돌아왔다.

정 날이 좋지 않으면 호캉스라도 즐겨야겠다는 마음으로 다시 누워 쉬고 있는데 창밖으로 눈이 잦아드는 것이 보였다. 나는 얼른 호텔 데스크로 내려가 보았다. 다행히 직원은 케이블카 운영이 재개되었다는 소식을 전해주었다. 트롬쇠의 해는 금방 지기 때문에 오후 3시 반에 불과했는데도 일몰까지는 이제 한 시간 정도밖에 남지 않은 것이었다. 나는 급히 다리를 건너 케이블카로 향했다. 언제 또 날씨가 변덕을 부려 케이블카 운영이 중단될지 모르니.

다리를 건너면 트롬쇠에서 유명한 루터교 교회를 마주친다. 입장료가 꽤 되기에 검색해 보니 외관이 아름다운 것으로 유명하지만 역사는 그리 오래되지 않은 랜드마크인지라 적당히 구경하고 곧장 케이블카 승강장으로 갔다. 오후 4시에 케이블카 승강장에 도착했고 운 좋게도 바로 케이블카를 탈 수 있었다. 창밖으로는 해가 거의 저물어 갔다.

아래로는 산을 오르는 사람들이 보였다. 케이블카 운영 여부와 상관없이 등산도 가능하지만 눈보라가 휘몰아치는 날 위험을 무릅쓰기는 싫었다. 왕복 4만 5000원 정도의 비싼 케이블카 가격 탓에 걸어 올라가기를 선택한 사람들이 꽤 보였다. 그러나 나는 불과 어제 스스로를 대접하는 여행을 하기로 마음을 먹은 참이 아닌가.

전망대에 올라 드디어 트롬쇠의 풍경을 한눈에 담았다. 너

무나 아름다워서 벌써부터 내려가기 싫다는 생각이 들었다. 마침 구름 사이로 노을이 지는 모습이 살짝 보였던지라 운치 있는 분위기가 만들어졌다. 다시 눈보라가 몰아치기 전에 얼른 마음껏 사진을 찍었다.

옆에 홀로 온 여행자가 내 사진을 찍어주었다. 우연히도 그는 인사 팀에서 일하는 현직 복지 담당자였다. 내가 전직 인사 담당자였다고 이야기하자마자 갑자기 인사 전문용어들이 펼쳐지기 시작했다. 나는 퇴사한 지 꽤 되었다고 했더니 그가 퇴사 이유, 내 다음 목표 등을 물어왔다. 진지한 대화를 좋아하는 파쿤도Facundo라는 아르헨티나 여행자였다. 이야기를 주고받다 보니 우리는 자연스럽게 친구가 되었고, 연락처를 교환하고 서로 살아온 이야기들을 나누었다.

대화에서 가장 인상 깊었던 건 파쿤도가 인사 팀에서 일하는데도 불구하고 디지털 노마드digital nomad라는 점이었다. 바르셀로나Barcelona 사무실에서 근무하고 있지만 수시로 출장을 다니며 노트북으로 업무를 본다고 했다. 서부 유럽 복지 담당자 정도로 보였다. 그는 내 직장 스토리를 듣더니 자꾸 본인처럼 해외로 나오라고 권했다. 더 큰 세상이 펼쳐지고, 집이라든지 경제적 문제 등 현실적인 걱정 없이도 미래와 삶이 보장된단다.

내가 대답했다. 아마 퇴사를 한 직후였던 3년쯤 전이었다

면 너의 말에 설레었을 것이라고 말이다. 그런데 지금은 나에게 새로운 꿈이 있다고 이야기했다. 평범한 삶 안에서 나만의 경험과 생각을 책으로 내고 싶다고 말이다. 그리고 그 책이 누군가에게 자기 내면에 집중할 수 있도록 돕는 하나의 수단이 될 수 있게, 내 이야기들을 써 내려가는 게 꿈이라고 했다.

해외 생활은 당연히 재미가 있을 것이다. 새로운 풍경과 새로운 사람들, 스릴과 모험들을 누릴 수 있을 테고 말이다. 현실과 타협하기 위해 그런 즐거움을 포기한 게 아니다. 다만 이제는 알게 되었을 뿐이다. 사실 그런 감정들은 이미 다 내 안에 있는 것들이라는 걸 말이다. 나의 아버지가 돌아가신 이야기, 내가 살아온 이야기를 파쿤도에게 들려주었더니 그는 빅토르 프랑클Viktor Frankl의 『죽음의 수용소에서…trotzdem Ja zum Leben sagen: Ein Psychologe erlebt das Konzentrationslager』라는 책을

읽어보라고 추천해 주었다.

그 책에서 나의 이야기와 비슷한 느낌을 받은 부분이 있다면서 나더러 멋진 태도를 가지고 있다고 칭찬했다. 그러고는 마음이 바뀌면 언제든, 10년 후에라도 연락하란다. 소프트웨어들을 천천히 익혀두면 어느 한 분야의 스페셜리스트가 될 수 있고 그것이 디지털 노마드로 살 수 있는 길이니 자신이 그걸 나에게 알려주겠다고 말이다. 추위를 피해 전망대 안 카페에서 이야기를 나누다 보니 금세 네 시간이나 흘렀고 그 사이 트롬쇠 야경도 사진에 담을 수 있었다. 종종 창밖으로 눈보라가 휘몰아칠 때면 도시 풍경이 화이트아웃whiteout 되며 운치를 더했다.

카페에서 음료를 주문할 때 나는 파쿤도에게 내가 형이니 내가 사겠다고 했다. 이게 한국 문화라고 편하게 생각하라고 했더니 그는 한국이 너무 좋다면서 말끝마다 한국말로 "형"이라고 불렀다. 계산할 때 우리를 흐뭇하게 바라보던 폴란드인 웨이트리스가 말을 걸었다.

그녀가 나에게 어디서 왔으며 무얼 하는 사람인지 물어보기에 나는 한국에서 온 에세이 작가이고 원고를 투고할 예정이라고 했다. "아직 유명 작가는 아니다."라고 서둘러 덧붙였다. 괜히 덧붙인 말에 담긴 나의 걱정을 눈치챘는지 그녀는 빛나는 눈으로 나를 살폈다. 그리고 내 눈을 보며 이야기했다.

"솔, 오늘을 기억해. 너는 정말 유명한 작가가 될 거야."

참 고마웠다. 밤이 깊어 케이블카를 타고 다시 내려가려는데 개 썰매 업체 오로라 투어에서 만났던 프랑스 여행자와 오늘 보트 투어에 데려다주었던 일본인 여행자까지 모두 전망대에서 마주쳤다. 다행히 둘 다 나를 보고 너무 반가워하며 덕분에 좋은 시간이었다고 고마워했다. 나는 파쿤도에게 두 사람을 소개하고 인사를 시켜주고는 모두 함께 산에서 내려오며 진심을 담은 대화를 마저 나눴다.

너희를 만나 함께한 경험은 정말 값지다고 말이다. 다양한 이야기를 나누고 의식이 넓어지는 건 재산을 불리는 일보다 가치 있다고 내가 말했다. 언젠가 내가 죽을 날이 온다면 재산을 더 가지지 못한 것을 후회할 것이 아니라, 못 해본 경험을 아쉬워하고 후회할 것이라고 말이다. 그리고 덕분에 나는 작가로 살아갈 용기가 생겼다고 말했다. 폴란드인 웨이트리스가 나에게 해주었던 말이 내 귓가에 맴돌았다.

다시 날씨가 나빠져서 모진 눈보라를 뚫으며 호텔로 돌아와야 했다. 하지만 전망대로 갈 때는 각자 홀로 건넜던 트롬쇠 다리를 이번에는 우리 모두 함께 건넜다.

북극 바다에서 평평 울었습니다

새벽에 눈이 떠진 김에 확인하니 일곱 시간도 넘게 푹 잤다. 시험을 준비하는 지난 3년간 일곱 시간 넘게 잠을 잔 횟수는 손에 꼽을 만했다. 그동안 몸에는 늘 긴장이 남아있어서 자다가 한번 깨면 다시 잠들기도 쉽지 않았다. 오랜만에 푹 자서인지 나는 상쾌한 마음으로 커튼을 열고 호텔 창밖으로 펼쳐진 새벽 야경을 기분 좋게 감상했다. 극지방의 새벽 풍경은 새삼스레 이게 현실인가 싶을 정도로 아름답게 내 마음에 와닿았다. 이번 여행은 긴 시간 시험을 준비하며 경직되어 버린 내 몸의 긴장을 풀어내는 과정이기도 했다. 어제 파쿤도와 떠들 때 내가 말했다. 한국으로 돌아가면 이제 하루 여덟 시간씩은 꼭 잘 거라고 말이다.

포르투갈Portugal의 유명한 축구 선수인 크리스티아누 호날두Cristiano Ronaldo는 하루 여덟아홉 시간씩 잔다고 한다. 거기에 더해 낮잠을 하루 5회 이상 자는 게 루틴이라는 기막힌 생활 패턴을 가지고 있음에도 세계 최고의 축구 선수가 된 것이다. 당연히 나에게 호날두와 같은 축구 재능이 있는 건 아니지만 잠을 줄여야만 성공한다는 허상은 이제 버리겠다는 이야기다. 내 몸과 마음을 보다 존중해 주기로 했다. 스마트폰을 오래 들여다보는 등의 낭비하는 시간을 줄이면 충분히 가능할 것 같았다.

조식 시간이 되어 식당으로 내려가니 노르웨이의 식사답게 훈제 연어가 있었다. 호텔에서 숙박하기로 한 이유 중 하나가 바로 이것이다. 약 2만 원의 추가 비용으로 조식을 신청해서 양껏 가져다 먹고 마실 수 있었다. 밖에서 사 먹으면 햄버거 하나를 먹어도 2만 원 이상일 테니 여기서 먹으면 먹을수록 이득이라는 생각으로 열심히 먹었다. 조식으로 배를 가득 채우고 몇 시간 남지 않은 트롬쇠 일정을 마무리하기 위해 나섰다.

경치가 좋은 곳이라고 현지인에게 추천받았지만 그동안 우선순위에 있던 다른 곳들 때문에 가보지 못했던 트롬쇠 서쪽 해변 길로 향했다. 꽤 먼 길이라 호텔에서 한 시간 정도 걸어야 했다. 근처까지 버스를 운행하고 있었지만 마지막 날은 산티아고 순례자 출신답게 발로 트롬쇠를 새기고 싶었던 나는 그냥 걷기로 했다. 구글 지도에도 잘 표시되지 않는 주택가 사잇길을 지난 끝에 마침내 해변에 도착할 수 있었다.

지도를 보니 섬 하나만 건너면 바로 북극 바다였다. 이곳에서 다시 한번 숨이 트이는 경험을 했다. 두 번째 스페인 산티아고 순례길을 걷고 펑펑 울며 내 속에 있던 것들을 털어냈던 피니스테레Finisterre에서처럼 눈물이 쏟아질 것만 같았다.

나는 두 번째 산티아고 순례 당시 피니스테레 절벽을 따라 걸으며 속에 있는 감정들을 토해내며 운 결과로 다시 살아갈 용기를 얻었다. 그리고 나는 고시라는 길을 끝내기로 한 지금 다시 한번 살아갈 용기가 필요했다. 그동안 속에 맺혀있던 것들이 바깥으로 터져 나오려 하고 있었다.

아무도 없는 해변이라 나는 소리 내어 말로 표현하며 울먹였다.

"3년간 외롭게 공부하느라 힘들었지."

스스로에게 말을 건넸다. 표현되지 못하고 마음속 깊숙이에 있던 말들을. 그러면서 깨달은 게 있다. 내 안에 '내면 아이'가 있다는 것이다.

고시 생활을 하는 동안 명상 앱을 활용해서 명상을 자주 했다. 명상 프로그램 중에 '내면 아이 돌보기'라는 것이 있었다. 골자는 사람의 내면에는 아이처럼 이해받고 싶은 응석받이 자아가 존재하고 있고, 우리는 그 자아를 보살펴야 한다는 내용이었다.

당시의 나에게는 해당 개념이 생소했기 때문에 정말 내면 아이라는 것이 존재하는 것인지 의문이 들었다. 그러나 이곳 트롬쇠에서 삶의 무게를 내려놓으며 울먹이는 순간, 과연 내 안에는 이해받고 싶어 하는 내면 아이가 존재한다는 걸 느낄 수 있었다. 그리고 그 존재를 인정하고 받아들이니 후련해졌다. 나의 내면에 한 발짝 더 다가선 기분이었다.

나는 마음껏 울며 스스로와 약속을 했다. 적어도 1년에 한 번은 내 안의 내면 아이를 위해 충분히 감정 표현을 하겠다고. 그것이 마음껏 웃는 것이든, 우는 것이든 말이다. 그런 시간을 통해 나의 내면 아이를 돌보는 여행을 짧게라도 떠나기로 했다. 고생한 자신에게 주는 한 해의 이별 선물로 말이다.

그렇게 한바탕 내 속에 있던 감정을 내보내고 나니 신기하게도 해변의 아름다움이 더욱 순수한 매력으로 다가왔다. 나는 풍경을 마음속에 깊이 담아 받아들이고 감사하며 고개를 숙여 마저 울었다.

아쉬운 기분으로 어슬렁어슬렁 트롬쇠 시내를 향해 다시 걸으며 트롬쇠에서 있었던 일들을 짧게 되돌아보았다. 무작정 한국을 떠나와 만난 오로라와 피오르, 데보라 할머니와 프랑스 여행자, 파쿤도와 나누었던 대화와 기억 등등. 꽉 막혀있던 마음을 풀어낸 곳은 내가 살면서 한 번이나 올까 싶었던 극지방의 외딴 마을 트롬쇠였다.

세계 어디를 가도 이곳은 내 마음 안에 가장 아름다운 마을로 남을 듯했다.

영어 하기 싫은 노르웨이 설국열차

트롬쇠에서 오슬로로 돌아와 숙소를 기차역 근처 호스텔로 정해 쉬었다. 첫날에도 묵은 곳이었는데 불행히도 이날 2층 침대에서 내 윗자리를 쓰는 사람의 덩치가 상상 이상이었다. 나는 피곤해서 일찍 잠을 청했으나 자다가 윗자리 사람이 뒤척일 때마다 지진이라도 난 듯한 느낌에 깜짝 놀라며 깬 것만 수차례였다. 침대 프레임이 무너져 거기에 깔리면 어쩌나 싶을 정도여서 당최 깊이 잠들 수가 없었다.

어차피 아침 일찍 기차를 타야 했던지라 이른 새벽 눈이 떠진 김에 나는 체크아웃하고 중앙역으로 갔다. 역 안 카페에서 빵과 커피를 주문하고 멍하니 자리에 앉아있었다. 아직 기차 시간까지는 한 시간이나 남은 것을 확인하고 한숨을 내쉬었다. 불과 몇 년 전까지 편하게 다녔던 호스텔이 이제는 내게 고역이라는 게 놀라웠다.

스스로에게 선물 같은 여행을 선사하기로 결심한 지 며칠도 지나지 않았다. 물론 아낄 것은 아껴야겠지만, 어느새 호스텔 도미토리dormitory가 피곤하게 느껴지는 나이가 되어가는 나를 배려할 필요도 있었다. 이곳까지 와서 올바른 정신으로 여행을 즐기지 못할 정도로 스스로를 고생시킨다면 그건 선물이 아니라 고행일 터였다. 그래서 남은 일정 동안의 숙소는 조금이라도 더 편한 곳으로 바꾸기로 했다. 호스텔은 오늘로 끝이었다. 더 이상 숙소에서 타인을 신경 쓰느라 에너지를 소모하지 않아도 된다는 말이다.

기차 시간이 되어 나는 플랫폼으로 향했다. 플롬Flam이라는 아름다운 피오르 지역이 오늘의 목적지였다. 그곳으로 가기 위해서는 오슬로에서 뮈르달Myrdal까지 기차를 타고, 뮈르달에서 플롬까지는 산악열차를 타야 했다. 거의 하루 종일 기차만 타는 일정이었다. 왼쪽 창가 풍경이 아름답다는 정보를 이미 알아두었다. 나는 시간에 맞춰 미리 예약해 둔 왼쪽 자리에 올랐다.

눈이 내리기 시작한 트롬쇠와 달리 오슬로는 아직 10월답게 창밖으로 단풍이 아름답게 펼쳐져 있었다. 그러나 조용한 풍경과 달리 차내는 시끄러운 유럽인 단체 관광객이 객실을 점령 중이었다. 많이들 아시아인 단체 관광객을 욕하지만, 개인적으로는 유럽인 단체 관광객들도 시끌벅적하기는 매한가지라 생각했다. 심지어 그중 한 명은 기차 안에서 전자 담배를 피우다가 다른 관광객에게 제지당하고도 모르쇠로 발뺌했다.

아시아인이 유럽인들과 생김새가 달라서 유럽에서 무례한 행동을 하면 쉽게 눈에 띄는 것일 뿐이지, 유럽인들도 별반 다를 것 없다는 이야기다. 그들은 영어나 프랑스어로 시끄럽게 떠들다가 어디서 아시아 언어가 크게 들리면 눈살을 찌푸린다. 단지 자신들의 언어는 귀에 익어서 그렇게까지 거슬리지 않을 뿐이다.

열차가 산간 지역으로 들어서기 시작했는지 트롬쇠에서처럼 새하얀 눈 세상이 펼쳐졌다. 봉준호 감독의 영화 「설국열차」 같았다. 방금 전까지는 분명 가을이었는데 잠깐 사이에 두

계절이 기차 밖으로 스쳐 지나갔다. 마치 지난 3년간의 내 인생 같았다. 그토록 치열하게 공부했던 시간이 어찌나 그렇게 빠르게, 그리고 서운하게 지나가던지.

기차가 플롬과의 중간 지점인 뮈르달에 도착해서 40분가량 산악열차를 기다렸다. 이제 정신을 바짝 차려야 했다. 플롬으로 가는 기차는 자유석이다. 헌데 이 기차도 왼쪽의 경치가 오른쪽에 비해 월등히 아름다워서 자리 경쟁이 치열하다고 들었기 때문이다.

천천히 산악열차가 들어왔고 운이 좋게도 내가 제일 선두에서 기차를 탈 수 있었다. 나는 미리 들은 대로 왼편에 후다닥 앉았다. 객실은 나처럼 왼편에 앉은 사람, 오른편에 앉은 사람으로 나뉘었는데 기차가 출발하기 전 알 수 없는 긴장감이 흘렀다. 아마도 다들 방금 전의 선택에 따라 자신의 운명이 달라질 것을 알고 있는 듯했다.

천천히 기차가 출발하기 시작했는데, 아뿔싸! 기차가 반대 방향으로 움직이고 있었다. 졸지에 내가 앉은 쪽은 오른쪽이 되었다. 반대쪽에 앉은 사람들의 표정은 기쁨으로 가득해졌다. 이런 상황에 대한 설명까지는 내가 미리 찾아봤던 여행 블로그에는 나오지 않았는데 말이다. 확실히 반대쪽 창밖으로 월등히 아름다운 풍경—폭포나 절벽 길 등—이 이어졌다. 오른쪽 창가 사람들이 바깥 풍경을 찍으려면 자리에서 일어나 왼쪽 창가 사람들에게 양해를 구하고 겨우 붙어 서서 찍어야

11

했다.

나만 속은 게 아니었다. 중년의 미국인 부부와 호주인 여행자들도 함께 속았다. 그들은 뒤늦게 왼쪽에 앉아보려 했지만 이미 만석이었다. 다른 칸으로 넘어가는 문은 이미 폐쇄되어 있었고 이로써 '설국열차'가 완성된 것이다. 순식간에 계급이 나누어진 것 같았다. 왼쪽에 앉은 사람들은 1등석 승객, 우리는 2등석 승객.

미국인 부부는 둘이 싸움까지 하고 난리가 났다. 들어보니 아내가 반대쪽이라고 주장했는데 남편이 이쪽이 맞다 우긴 상황인 듯했다. 남편이 계속 미안하다고 사과하는데도 아내는 삐쳐서 혼자 앉아 가고 싶다며 자리를 옮겼다. 남편은 어쩔 줄 몰라 하다가 풀이 죽어 아내의 눈치를 보며 쫓아갔다.

나와 호주인 여행자들은 아쉬워하긴 했지만 그래도 상관없다는 태도였다. 산악열차라면 나는 이미 스위스에서도 충분히 타보았고, 여행에서 매번 좋은 일만 있을 수는 없는 거니까. 첫 유럽 여행에서는 비행기를 놓친 적도 있고, 스페인 산티아고 순례에서는 빈대에 물린 적도 있다. 자리 선택을 잘못한 것 정도로 이번 여행에 대한 액땜을 할 수 있다면 오히려 다행스러운 일이라 생각하기로 했다.

이런 일도 겪는 게 인생이지. 마음을 비우고 상황을 받아들였다. 그러자 무려 노르웨이에서 이렇게 기차를 타고 있다는 게 얼마나 행복한 일인지 다시금 되뇔 수 있었다. 그 마음이

가닿았는지 경치가 특히 아름다운 곳에 이르자 산악열차가 잠시 정차했다. 차장이 열차 밖에서 사진을 충분히 찍다가 신호가 울리면 다시 타면 된다고 안내했다. 덕분에 자리와 상관없이 모두가 경치를 충분히 감상할 시간이 생겼다.

홀로 여행을 꽤 다녀본 사람들이라면 공감할 만한 이야기가 하나 있다. 바로 '영어 하기 싫은 날'이 있다는 것이다. 특히 오늘처럼 아침부터 컨디션이 바닥이었던 날이라면 유독 그렇다. 좋든 싫든 여행 중 적어도 하루는 겪게 되는 날이라고 생각한다. 이런 날은 보통 머리가 몽롱한데 몸이 긴장해 피곤함에 찌들어 있으므로 영어까지 듣고 말할 여력이 없다.

같은 칸에 탄 사람 중 몇몇은 벌써 화기애애하게 서로 통성명을 하고 있었다. 그들이 어디 더 대화할 사람이 없나 살피는 도중 나는 슬쩍 눈이 마주친 사람들을 애써 외면했다. 영어를 제2 외국어로 사용하는 사람들은 그래도 상대하기가 편하다. 하지만 호주나 영국, 미국 등에서 온 '영어가 모국어인 사람들'은 위험하다. 그들은 대체로 영어가 모국어가 아닌 사람들을 배려해 주지 못하는 경우가 많다. 자기들만 아는 관용어를 섞으며 빠른 속도로 말하고는 상대방이 알아듣기를 원한다. 경험상 그래도 아일랜드인과 캐나다인들은 꽤 상대방을 배려하면서 속도를 조절해 준다.

기차에서 통성명을 끝낸 사람들은 자기들끼리 어디서 왔는지부터 시작해 이것저것 호구조사를 하는데 호주, 미국, 영국 등에서 왔음이 틀림없었다. 나는 알아들은 말들도 애써 못 알아들은 척 고개를 슬쩍 돌렸다. 영어도 못 하는 동양인으로 생각했겠지만 상관없었다. 내가 말하기 싫다는데 자기들이 어쩔 것인가. 그러나 그들 쪽에서 들려오는 농담에 나도 모르게 웃음이 새어 나온 바람에 영어를 할 줄 안다는 걸 들켜버렸다.

"Where are you from?"

호구조사로 영어 지옥이 시작되려 할 때 다행히 기차가 목적지에 도착했다. 나는 함께 설국열차를 탔던 승객들에게 작별 인사를 건넸다.

인종차별과 경계심은 헷갈리기 쉽습니다

플롬은 트롬쇠 오로라에 이어 내가 두 번째로 기대했던 여행 포인트였다. 노르웨이에서 유명한 송네Sogne 피오르를 호수 양옆으로 끼고 유람선으로 가로지르듯 감상하며 넘어갈 수 있기 때문이다. 플롬 피오르 유람선 투어는 노르웨이에서 유명한 투어 중 하나이기도 하다. 그래서 관광객 대부분이 플롬에 도착하자마자 곧장 유람선을 타고 호수를 건너간다.

호수를 따라 유람선으로 이동해 구드방엔Gudvangen에 도착하면 버스로 휴양지인 보스Voss에 잠시 정차한 후, 다시 기차로 베르겐Bergen까지 한 번에 넘어갈 수 있다. 그래서 오슬로에서부터 베르겐까지 당일치기로 이동하는 경우가 가장 보편적이다.

하지만 나는 송네 피오르에 대한 환상이 있었고 그곳에서 호수를 끼고 하루 숙박해 보고 싶었다. 플롬에는 호수를 내려다보는 유명한 전망대도 있었고 호수 반대쪽으로 향하는 트레킹trekking 코스도 있었다. 그뿐만 아니라 유람선으로 구드방엔으로 넘어간 다음에도 유명한 물 브랜드의 이름이기도 한 휴양지 마을 보스에서 유유자적하며 하루를 보내고 싶은 욕심도 있었다. 충분한 휴식을 취하며 스스로를 돌아보는 기회를 갖는 게 여행의 목적이기도 했으니 말이다.

그리고 한국에서 노르웨이까지 피오르를 보러 와서 당일치기로 휙 지나가 버리면 여러모로 아쉬울 듯했다. 피오르의 절경 사이에서 며칠 여유를 누리는 한적한 휴식은 얼마나 낭만적인가.

하지만 기대를 너무 많이 한 모양이다. 열차에서 내려서 본 플롬의 첫인상은 실망스러웠다. 비구름이 낀 흐린 날씨에 바라본 호수는 한국의 풍경과 크게 다를 바 없는 느낌이었다. 마치 여름 휴가철 수상 레저 업체들이 즐비해 있는 한국 휴가지의 풍경 같았다는 말이다. 비싸기로 악명 높은 호수 옆 호텔들은 숙박 예약 홈페이지 속 고급스러워 보이던 사진들과는 달리 낡고 습해 보였다. 끝까지 고민하다가 좀 더 내륙 쪽에 있는 비인기 숙소로 예약해 둔 것이 다행이었다. 열차에서 내린 사람 중 상당수가 나와 마찬가지로 실망한 표정을 한 채 유람선을 타고 빠르게 플롬을 지나쳐 갔다.

이미 플롬에서 하루를 묵기로 한 상태에서 일몰 시각까지는 두 시간도 채 남지 않아서 아쉬운 마음으로 결정해야 했다. 흐린 날씨에 비가 올 것을 감수하고 전망대로 가든지, 혹은 반대편 내륙 방향으로 트레킹을 하든지 말이다.

내가 예약해 둔 숙소가 마침 내륙 방향으로 걸어서 20분 정도 떨어진 곳에 있었다. 짐을 풀기 위해서라도 어차피 내륙으로 향해야 하니 나는 트레킹 쪽으로 마음을 굳혔다. 주 관광지로 알려진 호수를 등진 채 꽤 걸어 들어갔기 때문에 크게 기대치 않았다.

그런데 단풍으로 물든 멋진 산을 등 뒤에 두고 있는 숙소가 나타났다. 아무도 모르는 비밀 공간에서 홀로 쉬는 듯한 한적함을 느끼게 해줄 아름다운 풍경에 기분이 좋아졌다. 숙소는 독채를 쓸 수 있었고 난방 시설도 잘 작동했다. 비록 옆쪽으로 숙소 확장 공사가 한창이었던 데다 양 떼를 방목 중이어서 창문을 열면 거름 냄새가 살짝 나긴 했지만 말이다.

숙소에 짐을 풀고 다시 내륙으로 30분쯤 더 걸어가니 저 멀리 꽤 큰 규모의 폭포가 눈에 띄었다. 아무 정보가 없던지라 길에 있는 표지판을 살펴보니 브레케포센Brekkefossen이라고 적혀있었다. '포센fossen'이 폭포니까 해석하면 '브레케 폭포' 정도 되는 것 같았다.

표지판에 따르면 좀 더 내륙으로 들어간 곳에 폭포로 향하는 등산로가 있는 듯했다. 20분 정도 더 걸어간 끝에 작은 등산로를 발견했고 나는 내친김에 등산을 시작했다. 일몰까지 한 시간 정도밖에 안 남았기에 산이 조금씩 어둑어둑해지고 있었다. 하지만 표지판대로라면 30분이면 폭포에 도착할 수 있을 것이었다.

미리 검색해 봤을 때는 정보가 별로 없었기에 알지 못했는데 나름 유명한 폭포였나 보다. 해가 지기 시작했음에도 등산 중인 관광객을 꽤 마주쳤다. 그런데 항상 친절한 사람들만 만났던 트롬쇠에서와는 달리 이곳에서 마주치는 사람들은 나를 꽤 경계했다. 내가 인사를 건네도 흠칫 놀라며 물러서기 일쑤였고 아예 무시하는 사람도 있었다. 나는 순간 인종차별인가 하다가 곰곰이 생각해 보았다.

만약 여기가 한국이고 한국인끼리라고 하더라도, 어둑한

산길에서 누군가를 갑자기 마주치면 서로 마냥 반가워하기는 쉽지 않을 것이었다. 심지어 등산로에는 노르웨이 사람은 거의 보이지 않았고 대부분이 관광객이었다.

어쩌면 이건 인종차별 때문이 아니라 인적 드물고 어두운 등산로이기 때문일 확률이 높다는 생각이 들었다. 언제 어떤 위험이 있을지 모르는 곳에서 자기 자신뿐 아니라 자신의 소중한 사람을 지키기 위해서도 타인을 경계하는 것은 인간의 본능이니 말이다.

생각해 보면 나 역시 열차에서 내리기 전까지만 해도 영어를 하기 싫다는 이유만으로 다른 사람들의 눈길을 피하며 슬슬 고개를 돌려버렸었다. 여기서 마주친 사람들도 타인을 돌보기보다는 자신의 여행을 더 우선시하는 것이 당연하다는 생각이 들었다.

생각에 잠겨 걷다 보니 예상보다 빨리 폭포에 도착했고 플롬과 호수가 산에 둘러싸여 있는 멋진 풍경이 한눈에 들어왔다. 힘들게 올라온 보람이 있었다.

잠시 후 한 커플이 올라왔다. 여자가 나를 보더니 짜증 섞인 목소리를 냈다. 이번에도 나는 인종차별인가 싶었지만 그런 생각을 억누르고는 역지사지해 보았다.

짧은 등산이었지만 가파른 산길 탓에 땀으로 범벅이 된 커플의 모습. 해 질 무렵에 위험을 무릅쓰고 가뜩이나 힘들게 올라왔는데 명당자리에서 이미 사진을 찍고 있는 내가 눈에 들어왔을 것이다. 조금이라도 해가 남아있을 때 좋은 풍경을 찍어야 할 텐데 하는 조급한 마음이 피곤함과 함께 찾아들었을 것이다.

나는 커플에게 천천히 다가가서 "너무 좋은 풍경이지 않니?" 하며 인사를 건넸다. 그랬더니 커플도 "사진 찍어줄까?" 하며 응해주었다. 아마 내가 홀로 온 탓에 셀카만 찍고 있는 것을 본 모양이었다. 나도 커플의 사진을 찍어주겠다고 나섰고 그렇게 우리는 서로 사진을 찍어주며 폭포 앞에서 천천히 대화의 물꼬를 텄다. 그러고선 내가 적당히 자리를 비켜주었더니 그들도 미소로 화답해 왔다. 아마도 내가 일부러 조금 일찍 피해주며 그들의 공간과 시간을 배려해 주는 걸 느낀 듯했다.

여행 중에는 인종차별과 경계심 사이 어디쯤에서 나를 대하는 사람을 마주치는 상황을 많이 겪게 된다. 그때가 마침 내 마음이 약해져 있을 때라면 실제로는 상대방의 의도가 그렇지 않아도 인종차별로 느끼게 되고, 괜스레 나 자신을 위축시키게 된다. 그러나 조금만 마음을 가다듬어 보면 나 역시 비슷한 상황에서 모두에게 마냥 친절하기란 쉽지 않다는 것을 알게 된다.

20대 때의 혈기 왕성한 나였다면 조금만 인종차별로 의심되는 행동을 겪어도 제대로 감정 컨트롤을 하지 못했을 것이다. 헌데 그런 마음이 금세 사그라지는 것을 보면 나이가 드는 게 결코 나쁜 것만은 아닌가 보다. 어느새 나도 모르게 감정이나 생각을 좀 더 살필 수 있는 나이가 되어가고 있었다.

그러니까 나는 서툴러도 올바르게 가고 있는 것이다.

내가 겪는 그러한 상황 속에서 궁극적으로 인종차별이냐 경계심이냐를 결정짓는 것은 어쩌면 내 마음일지도 모른다.

큰 고민을 짊어지고 홀로 여행을 온 탓인지, 여행을 왔다는 사실에 막연히 신나기만 하던 마음이 어느새 조금씩 가라앉고 있었다. 그러나 오히려 약해진 마음과 함께 나의 내면은 더욱 솔직하게 열려가는 중일지도 모르겠다는 생각이 들었다.

좋은 풍경을 홀로 보면 외롭습니다

밤새 비가 많이 왔다. 빗방울이 숙소 지붕 위를 후드득 때리는 소리는 약해진 내 마음을 더 흔들어 놓았다. 사실 홀로 여행할 때마다 이맘때면 내가 항상 겪는 현상이었다. 여행을 시작함에 신났던 마음이 서서히 가라앉고 우울해지는 이 증상에 나는 '트래블러스 블루Traveller's Blue'라는 이름도 붙여주었다.

이번 여행을 오기 전 내가 다시 혼자 해외여행을 떠난다는 이야기를 듣고는 지인 중 한 명이 내게 무섭지 않느냐고 물었다. 나는 "매번 두려워. 출발하기 전날에는 잠도 제대로 못 자는걸." 하고 답했다. 심지어 여행 출발 전날에는 장염 증상이 심해져 하루 종일 화장실을 들락거려야 했던 때도 많았다. 그런데도 왜 나는 항상 혼자 해외여행을 다니는 걸까?

첫째, 나는 한국을 떠났을 때에야 스스로를 좀 더 객관적인 시선으로 관찰할 수 있었다. 예를 들어 나 자신이 어떨 때

행복해하는지, 어떨 때 슬퍼하는지, 어떨 때 외로워하는지 이해하게 된다. 익숙해져 있던 일상의 삶에서 벗어나 나를 객관적으로 알아가는 과정이라 할 수 있겠다.

둘째, 일종의 세리머니라고 할 수 있다. 대학원 졸업식 날 교수님이 말씀하셨다. 무언가를 끝내는 때에는 의식을 잘 치르는 것이 중요하다고 말이다. 그때의 나는 그게 무슨 말인지 이해하지 못했는데, 이제는 조금 알 것 같다.

한 텔레비전 프로그램에 출연한 어느 배우는 연극에서 캐릭터에 너무 몰입하면 공연이 다 끝난 후에도 마음이 힘들어 세리머니로 혼자 이별 여행을 떠난다고 했다. 꿈을 잃어버린 후 새로운 꿈을 찾다가 또 한 번 좌절되곤 하는 경험을 해왔던 나는 이제 그 마음에 공감할 수 있다. 지금 나는 3년간 최선을 다해 몰입했던 고시생 배역을 떠나보낼 때다. 그런 의미에서 나에게 여행이란 최선을 다해 하나의 시기를 끝냈을 때 스스로에게 줄 수 있는 상이자, 내 인생 한 부분과의 이별의 순간이었다.

약해져 있던 마음 탓인지 다섯 시간밖에 자지 못한 상태에서 눈이 떠졌다. 나는 다시 잠을 청했다. 일부러라도 세 시간을 더 자서 결국 여덟 시간을 채우고 일어났다. 제대로 잠을 자지 못했던 호스텔에서의 전날과 달리 일부러라도 더 잘 수 있다는 건 스스로를 다독이고 있다는 신호였다. 어제보다 조금 더 나은 오늘이기만 하면 되는 것이다.

막연하게 성공 심리학으로 스스로를 세뇌하는 것보다 더욱 효과적인 긍정을 이제는 안다. 진정한 긍정성이란 바닥을 찍고 올라오는 데 걸리는 시간을 줄이는 것이다. 전문용어로는 '회복탄력성Resilience'이라고 부르는데 바로 그게 살면서 꿈을 여러 번 바꿔온 내가 추구하는 것이었다. 충분히 마음껏 바닥을 찍고 나면 며칠 내로 다시 본래의 내 마음이 돌아올 것이었다.

충분히 잘 수 있게 도와준 숙소를 고마운 마음으로 정리하고 유람선 시간에 맞춰 선착장으로 갔다. 다행히 오늘은 비가 오지 않고 옅은 안개만 끼어있었다. 아직 뮈르달에서 산악열차가 넘어올 시간이 아니라 그런지 유람선 줄에는 사람이 별로 없었다. 노르웨이 여행 비수기인 탓도 있겠지만 플롬에서 전날 밤을 보낸 사람들만 누릴 수 있는 특혜이기도 했다. 나는 곁에서 함께 줄을 서서 배를 기다리던 미국인 부부와 친해졌다. 나와 같은 마음이었는지 그들은 날씨가 어제와 달리 너무 좋은 데다 유명 관광지임에도 사람이 생각보다 적다면서 즐거워했다.

이 대화가 인연이 되어 배가 출발하고 나서도 우리는 서로 사진을 찍어주며 대화를 나누었다. 미국인 부부는 차를 렌트해서 피오르를 따라 자유롭게 여행하고 있었다. 조금 더 북쪽에 있는 지역의 피오르까지 가는 대중교통은 겨울이라 통제 중이지만 차를 이용하면 그곳까지도 구경할 수 있다고 했다.

천천히 배가 호수 중앙으로 이동함에 따라 전날 플롬을 별로라고 판단했던 스스로를 반성했다. 어제는 날씨가 흐린 탓에 그랬던 것일까. 아니면 마음 상태에 따라 플롬의 호수가 전혀 다르게 보이는 것일까.

바닥을 찍었던 내 마음이 충분한 휴식을 취하고 나니 조금씩 회복되고 있는 덕분인지도 몰랐다. 안개도 끼지 않았더라면 더욱 좋았을걸 싶었던 마음마저도 사라졌다. 너무 맑기만 했으면 심심했을 풍경이 점점 해가 뜨면서 오히려 안개와의 조화로 더욱 풍부한 모습으로 변했다. 물론 유람선이 구드방엔에 도착할 무렵에는 다시 안개가 짙게 끼어 조금은 아쉬

웠지만 말이다. 그래도 그 덕분에 맑은 날의 피오르, 안개가 적당히 낀 날의 피오르, 안개가 자욱한 피오르를 한 번에 즐길 수 있었다.

뭍에서는 적당히 서늘했던 날씨가 배 위에서는 매섭게 느껴졌다. 바람이 강해 겨울옷을 겹겹이 입지 않았더라면 견디기 힘들었을 체감온도였지만 추위 속에서도 안개를 뚫고 피오르 사이로 보이는 폭포나 마을을 구경하느라 고통조차 느낄 겨를이 없었다. 어떻게 사람이 살고 있는 걸까 싶은 곳에 아기자기한 집들이 모여있었다.

추위에 언 몸을 녹이기 위해 잠시 선실로 들어가자 곧장 방송이 흘러나왔다. 유명한 폭포가 있는 곳에 잠시 배를 멈출 테니 꼭 감상하라고. 내가 신나게 뛰며 바깥으로 향하자 앞에서 문을 열고 밖으로 나가려던 관광객이 내 모습이 웃겼는지 크게 웃음을 터뜨렸다.

"놓치면 안 된다고!"

유쾌하게 외치는 나를 보며 웃는 관광객의 미소에 나는 추위도 잊을 만큼 따뜻해졌다.

유람선이 구드방엔 선착장에 도착하자마자 나는 버스 정류장으로 급히 걸어갔다. 미리 구글 지도를 통해 버스 시간을 알아두었는데 곧 도착할 이번 버스를 놓치면 족히 세 시간은 더 기다려야 오늘의 목적지인 보스로 가는 버스를 탈 수 있었다. 구드방엔은 스쳐 가듯 지나야 했지만 미리 알아본 정보에 의하면 다행히 이곳에 내가 관심을 가질 만한 장소는 없어 보였다. 보스로 가는 버스는 우리나라로 따지면 시골에 있을 법한 작고 외진 버스 정류장에 정차했는데 걸음을 서두른 덕에 다행히 놓치지 않고 탈 수 있었다. 외딴 정류장에 서있는 여행객을 본 버스 기사님은 기분 좋은 미소로 나를 환영해 주었다.

아침부터 날씨와 버스 시간까지 모두 운이 좋게 맞아떨어졌다. 버스에서도 내 마음을 활짝 열어젖히는 풍경이 창밖으로 계속 이어졌다. 피오르에서 흘러나온 강이 지나치는 마을마다 아름다운 호수를 만들었고 물길은 베르겐까지 이어지는 듯했다. 그 유명한 보스까지 굳이 가지 않더라도 잠시 멈추고 싶은 마음이 드는 마을을 몇 개나 지나쳐야 했다.

플롬에서 하룻밤 숙박을 하지 않았다면 보지 못했을 찬란한 호수가 눈앞에 나타났다. 충만함이 가슴에 스며들었다. 이상하게 첫인상이 좋았던 평화로운 도시. 내가 지내게 될 호텔마저 여행 중 손에 꼽을 만큼 좋은 곳이었다. 나는 호수가 보이는 고급스러운 방에서 창을 열고 바깥을 멍하니 바라보았다.

분명 좋은 숙소에서 보는 아름다운 풍경이었다. 한국에서 꿈꾸던 모습들이 하루 종일 눈앞에 펼쳐졌다. 그런데 이상하게 마음 한편에 한 줄기 외로움이 피어오르기 시작했다. 신기한 일이었다. 호스텔에서야 고생을 하는 바람에 우울함을 느꼈던 것이지만 이렇게 좋은 숙소에서 아름다운 풍경을 보면서도 외로움을 느낄 수 있다니 말이다. 이전에 저렴한 숙소에서 버티느라 느낀 감정인 줄 알았더니, 그게 아니라 분명 나의 내면에서 오는 공허함이었나 보다. 그 감정을 굳이 피하기보다 한번 받아들여 보자고 생각했다. 이것이 여행을 떠날 때 알아내고 싶었던 내 마음속 깊이 가라앉아 있는 '나'였다.

나는 호텔에서 추천해 준 레스토랑에서 점심을 해결한 다음 마을 곳곳을 정처 없이 걸어 다녔다. 관광객이 다닐 리 없는 주택가 사이사이로 걷다 보니 어느새 길은 보스를 둘러싼 호수를 넘어 마을 외곽까지 이어졌다. 이번엔 마음속에서 갑자기 불길이 피어오르는 느낌이었다. 왜 그런 불길이 올라오는지, 그리고 왜 아무리 걸어도 없어지지 않는지 이해가 되지 않았다. 나는 머리와 마음속 열기가 가라앉기를 바라며 지칠 때까지 걷다가 해가 완전히 지고서야 숙소로 돌아왔다.

트롬쇠에서 만난 아르헨티나 여행자 파쿤도가 이야기했었다. 자기는 스트레스를 받을 때 뭔가를 던지는 행위를 한다고 말이다. 그러면서 나에게 스트레스를 푸는 심리적 상징이 될 만한 나만의 취미를 하나 가져보라고 권했다. 내가 산책과 시계 수집이라는 취미를 가지고 있다고 말했더니 그는 왜 하필 산책과 시계냐고 되물어 왔다. 먼저 산책에 관해서는 정처 없이 걷다 보면 내 삶이 잘 풀리지 않아도 '어딘가로 나아가고 있는 느낌'을 받을 수 있어서 좋다고 했다. 앞만 보며 걷다가 예상치 못한 곳을 발견했을 때 삶이 이렇게 의도치 않은 방향으로 풀리기도 할 거라는 깨달음을 얻을 수도 있고 말이다. 시계 수집의 경우는 멈춰있던 기계식 시계의 태엽을 감았을 때 그것이 움직이는 걸 보면 고장 난 내 삶을 스스로의 힘으로 고쳐낸 것 같은 느낌을 받는다고 대답했다.

내 대답을 들은 파쿤도가 "너는 이미 현명한 사람이구나!" 하고 이야기했다. 그런 상징적인 취미를 가진 사람을 많이 보지 못했는데 너는 본능적으로 그걸 찾은 현명한 사람이라고.

내가 현명한 사람인지는 잘 모르겠지만 마음속에 큰 고민이 들어설 때면 이렇게 무작정 걸었다. 그러다 보면 어느새 고민의 답을 얻게 되거나 혹은 이미 고민이 잊힌 뒤였다.

잠시 쉬었다 저녁을 먹으러 나오니 마을은 이제 조용해져 있었다. 해가 저문 탓인지 아무리 돌아다녀 봐도 문을 닫은 레스토랑뿐이었다. 그러다 단 한 곳 열려있는 펍이 있기에 나는 그곳으로 향했다. 혹시나 해서 바텐더에게 식사를 겸할 요리가 가능한지 물었더니 그는 미안해하는 표정으로 레스토랑 주방을 이미 마감했다는 소식을 전했다.

그 말을 들은 나는 바텐더에게 혹시 '세 라 비C'est La Vie'라는 프랑스어를 아는지 물었다. 바텐더가 내 눈을 보더니 빙긋 웃었고 우리는 "이게 인생이지." 하고 동시에 말했다. "내가 저녁을 제대로 먹든 못 먹든, 이게 인생이지!"라고 다시 말하며 나는 기분 좋게 맥주를 한 잔 시켰다.

어떤 마을의 분위기를 제대로 즐기는 가장 좋은 방법 중 하나는 그 동네 사람들이 많이 모여있는 펍에 가서 맥주를 한잔하는 것이다. 바텐더가 식사 대신이라며 맥주와 함께 먹을 안주를 한가득 가져다주었고 나는 동네 주민들이 도란도란 나누는 이야기를 들으면서 배고픔에 억울함까지 밀려왔던 마음을 누그러뜨렸다.

왔던 길과는 다른 길로 숙소로 돌아가는데 마치 운명처럼 동네 피자집이 아직 문을 연 채 나를 기다리고 있었다. 나는 정말 '역시 이게 인생이지.' 하는 생각으로 피자를 포장했다. 그저 평범한 피자 한 판이었지만 내가 만나본 피자 중 가장 큰 가르침을 담고 있는 피자였다. 하루 종일 좋은 풍경과 좋은 호텔, 좋은 맥주와 평화로운 마을을 지나쳤다.

그리고 그 길 위에는 외로운 내 마음이 있었다.

용기를 내어
과거와 이별하다

내가 주로 호텔에서 투숙하기 시작했던 이유 중 하나는 숙박비에 조식이 포함되어 있다는 점이다. 특히 물가가 비싼 노르웨이에서 조식은 생명수나 다름없는 존재다. 최대한 조식을 배부르게 먹은 다음 점심을 대강 해결하고 저녁을 다시 잘 챙겨 먹었다. 그래서 조식 때 질 좋은 식사를 하는 것이 중요했다. 연어의 나라 노르웨이답게 호텔 레스토랑에는 언제나 훈제 연어와 마리네이드marinade 연어가 한가득 있었다. 나는 처음 보는 칠면조 베이컨도 담고 달걀 프라이도 담았다. 프라이 모양이 해를 닮은 것이, 조만간 내 마음속에도 뜨겁고 밝은 해가 떠오를 것만 같았다.

천천히 조식을 즐기고 있는데 호텔 세미나에 참석한 사람들이 갑자기 레스토랑을 점령했다. 한 회사의 직원들인지 서로 반갑게 안부를 묻고는 삼삼오오 짝을 지어 식사를 시작했다. 나는 졸지에 군중 속 '고독한 미식가'가 되었다. 몇몇이 흘끔거리며 쳐다보는 것이 아마 내가 세미나 참석자인지 아닌지를 살피는 것 같았다.

굴하지 않고 최대한 영양을 섭취하기 위해 음식을 담아서 먹고 있는데 방긋 웃는 인상의 호텔 직원이 나타났다. 세미나 참석자 공간 때문에 자리를 옮겨야 하는 건가 싶었더니 그저 나에게 커피가 필요한지를 묻기 위함이었다. 그의 친절한 웃음에 순간 긴장했던 내 마음이 무장 해제되었다. 내가 감사한 마음을 담아 그렇다고 대답했더니 그는 우유 혹은 설탕이 필요한지도 세심하게 살핀다.

우유를 넣어달라고 했더니 그는 멀리까지 다녀와서는 커피를 라떼로 만들어 주었다. 방금 전까지는 고독한 식사였는데 직원 덕분에 순식간에 대접받는 기분이 들었다. 깊이 고개를 숙이며 "당신 덕분에 제가 행복해졌습니다."라고 감사 인사를 건넸다. 그 순간 놀라우리만치 더욱 피어나는 직원의 얼굴은 내가 세상에서 살아가는 게 얼마나 의미 있는 일인지 깨닫게 해주었다. 직원은 정말 기쁜 듯이 미소를 지으며 자신도 고맙다며 고개를 마주 숙였다. 나는 알 수 있었다.

아마 이 작은 행복이 오늘 내 하루 전체를 행복하게 만들어 주는 시작점이 될 거야.

배불리 식사를 마친 나는 동네 산책에 나섰다. 보스의 상징과도 같은 호수를 따라 천천히 걸으면서 평화로운 광경을 마주했다. 그네가 보이기에 잠시 아이처럼 타고 놀기도 하며 더욱 내 마음을 활짝 열기 위해 노력했다. 호수를 따라 걷다 보니 사람이 없어서 그랬는지 마음껏 소리를 한번 지르고 싶은 마음이 들었다.

"고시생 이해솔, 잘 가라!"

무의식에서 나온 소리였다. 한 번 소리치고 또 한 번 더 소리쳤다. 그리고 지금까지의 나를 천천히 보내주었다.

어제 점심 산악열차에서 보았던 미국 노부부를 레스토랑에서 우연히 다시 만나 반가운 마음에 합석했었다. 남편분이 나에게 노르웨이에 휴가를 온 것인지 묻기에 나는 한국의 고시 시스템을 자세히 설명하기가 어려워 일을 그만두고 왔다고만 대답했다. 일을 그만둔 후 고시를 준비했던 것도 맞으니까.

그런데 이 미국인은 상당히 놀란 얼굴로 나를 쳐다보았다. 며칠 전 내가 플롬에서 마주친 벨기에 여행자에게 일을 그만두고 왔다고 말했을 때와 비슷한 반응이었다. 불과 몇 년 전까지는 퇴사 후 여행을 왔다고 말해도 걱정하는 눈길이 돌아오지는 않았는데 요즘은 세계적으로 취업난이 심한 때여서인지 유독 걱정스러운 눈길이 따라붙곤 했다.

내가 곰곰이 생각에 잠겨있는데 남편분이 이야기를 시작했다. 자신의 직업은 엔지니어이고 부인은 간호사인데 둘 다 은퇴까지 2년 남았다고 했다. 은퇴 후에는 계속 해외여행을 다닐 거라고 했다. 스스로를 자랑스러워하는 것 같기에 나는 그에게 그럴 자격이 있다고 존경한다고 말해주었다.

한편으로는 이제 굳이 일을 그만두고 왔다고 말하지 않기로 결심했다. 그런 시선은 한국에서 경험하는 것만으로도 충분했다. 노르웨이에서까지 겪고 싶지는 않았다.

차라리 트롬쇠에서처럼 작가라고 소개한 뒤 응원을 받는 쪽이 좋았다. 이제 막 고시생으로서의 자아에 이별을 고한 참이다. 앞으로는 만나는 사람들에게 나를 에세이 작가로 소개

하기로 마음먹었다.

산책을 마치고 보스역에서 베르겐으로 가는 기차를 탔다. 기차에서 휴대폰으로 인터넷 서핑을 하며 시간을 보내던 도중 SNS에서 요안 부르주아Yoann Bourgeois라는 프랑스 행위 예술가의 공연을 발견했다. 계단을 오르다가 옆으로 넘어지기도 하고 다시 올라가다가 굴러떨어지기도 한다. 그러다 마지막에는 트램펄린을 이용해 다시 정상 가까이 튕겨 올라온다. 여러 번 계단에서 넘어지고 떨어지다가 결국 마지막에는 계단의 정상에 서게 되는 흐름의 공연이었다.

메시지는 단순하고 분명했다. '인생은 계단을 순서대로 올라가는 것이 아니라 수많은 실패와 극복을 반복한 결과로 성취를 맞이하는 것.' 나는 그렇게 이해했다. 단순한 메시지인데도 나는 요안 부르주아의 몸짓에 위안을 받았다. '꿈보다 내가 소중하다.'라는 명제와 요안 부르주아의 메시지는 실패를 극복하고 이겨나가는 주체가 바로 '나'라는 측면에서 비슷한 이야기라는 생각이 들었다.

인터넷에 공연 정보를 검색해 보니 내가 귀국해 있을 시기에 마침 그의 내한 공연이 예정되어 있었다. SNS로 접한 트램펄린 공연은 매진이었지만 아쉬운 대로 한 시간짜리 다른 공연의 티켓이 아직 남아있었다. 공교롭게도 공연 날짜는 공인노무사 시험 결과 발표일 며칠 후였다. 시험 결과가 어느 쪽으로 나오든 내게 심리적 완충장치가 될 공연이라는 생각으로 예매했다. 시험 결과가 좋게 나온다면 겸손을, 아니라면 회복 탄력성을 기대할 수 있는 좋은 공연을 알게 되었다고 생각했다. 그리고 오늘 고시생이었던 과거와 이별한 나에게 필요한 이별 선물이었다.

마음의 바닥에서 올라오는 법

베르겐에 하루만 머무른 뒤 다음 날 새벽에는 스타방에르 Stavanger로 떠날 예정이었다. 홀로 해외여행을 다닐 때 나에게는 이상스러운 고집이 있는데 절대 유심USIM 칩을 사지 않는다는 것이다. 원체 헤매고 다니는 것을 좋아하기도 하고 여행 때만큼은 일부러 스마트폰을 멀리하기 위함이기도 하다. 그래서 와이파이 신호가 잡히는 지역에서만 빠른 검색을 통해 다음 장소로 이동하는 데 필요한 정보를 얻는다. 베르겐 중앙역에서도 와이파이로 구글 지도를 열어 숙소로 가는 최단 경로를 검색하고는 곧장 길을 따라 걸었다.

가파른 언덕을 30분 정도 올라가니 오늘의 숙소가 모습을 드러냈다. 올라가는 내내 설마 했는데 언덕 가장 꼭대기에 있는 숙소였다. 숨을 헐떡대며 정문을 열고 들어가니 호텔 데스크에 직원이 있었다. 언덕을 오르며 느낀 고생이 잊힐 정도로

친절한 직원의 환영을 받은 후 배정받은 방으로 이동했다. 가장 위층에 있는 넓은 방이라 마음에 쏙 들었다. 마치 꿈꾸던 북유럽 주택 최상층 방에 창을 내고 머무는 것 같아서 다음 날 새벽 일찍 떠나야 한다는 게 아쉬울 지경이었다.

조식까지 포함된 가격으로 호텔 비용을 내고 보니 조식 시간보다 이른 시간에 호텔을 나서 버스 터미널로 가야 한다는 사실이 떠올랐다. 여행 중 호텔 조식에 의지해 하루 식사량을 조절하고 있었기 때문에 어떻게 하면 좋을지 데스크로 내려가 의견을 구했다. 그랬더니 호텔에서는 일찍 호텔을 나서는 사람에게는 조식 대신 충분한 양의 샌드위치를 제공한다는 대답

이 돌아왔다. 물론 미리 요청하면 그런 조치를 취해주는 다른 호텔이 없었던 것은 아니지만 나의 갑작스러운 요청에도 배려해 주는 데 대해 그저 감사한 마음이었다.

무거운 배낭을 숙소에 풀어두고 기분 좋은 마음으로 흥얼거리면서 항구를 따라 걸었다. 날씨가 흐리기는 해도 비가 오지 않는 것만으로 기분이 좋았다. 보스에서 호텔 직원이 가져다준 커피가 불러일으킨 나비효과가 나의 여행 일정 전체를 기분 좋게 만들고 있었다.

브뤼겐Bryggen 목조 가옥 지구를 구경하다 보니 이른 저녁 시간인데도 배가 고파왔다. 점심 식사를 건너뛸 정도로 정신없이 구경했으니 저녁은 제대로 된 곳에서 먹어도 되겠다는 생각이 들었다. 금세 트롬쇠 해산물 레스토랑에서의 즐거웠던 추억이 떠올랐다.

또 한 번 나에게 좋은 음식을 대접해 주기로 했다. 인터넷으로 검색해 보니 평점이 아주 높고 가격도 과하지 않은 레스토랑이 눈에 들어왔다. 며칠 외로움에 가라앉아 있던 마음을 위로할 겸 두 번째 노르딕 퀴진Nordic Quisine에 도전하기로 마음먹었다.

'비예르크Bjerck'라는, 셰프의 이름을 간판으로 걸고 운영하는 레스토랑이었다. 예약하지는 못했지만 평일 오후 4시였고 통상적인 저녁 식사 시간보다 이른 시간에 가서 그런지 다행히 자리가 남아있었다. 예약이 꽉 차있는 6시까지만 자리를 비워주면 된다는데 성격 급한 한국인에게는 너무도 충분한 시간이었다.

셰프가 추천하는 3코스 요리를 골랐다. 북유럽 레스토랑에는 와인과 음식을 페어링pairing 하는 메뉴가 있는데 요리마다 거기에 어울리는 하우스 와인이 한 잔씩 제공된다. 내가 그 정도로 미식가는 아닌지라 3코스 요리와 하우스 와인 한 잔을 골랐다. 6코스 요리를 970크로네krone에 먹었던 트롬쇠에서보다는 저렴했지만 3코스 요리에 645크로네면 사실 요리당 가격은 더 비싼 편이었다.

그렇게 시작된 코스 요리. 스타터로 랍스터수프, 그다음으

로는 새끼 양과 옥수수로 만든 요리 그리고 초콜릿으로 만든 디저트가 나왔다. 노르웨이에서 랍스터수프는 어느 집에서나 잘하는 음식인 건지 오슬로에서 먹었던 것처럼 영혼까지 따스해지는 맛이었다. 나는 종업원에게 음식의 밸런스가 너무 좋아서 재료를 전부 느낄 수 있고 맛이 잘 섞인다고 말했다. 덤으로 시각적인 즐거움마저 훌륭했다. 트롬쇠 해산물 레스토랑에 이어 내가 두 번째로 부린 사치인데 들인 비용보다 더 큰 행복감이 밀려왔다.

음식이 괜찮은지 물어보러 온 종업원에게 나는 노르웨이 셰프들 실력이 엄청나다고 말하며 칭찬 세례를 퍼붓기 시작했다. 종업원이 주방에 전달해 주겠다며 웃었다. 내가 계산하면서도 덕분에 행복해졌다고 말하며 웃으니까 주방 직원들 또한 자신들도 행복하다며 응대해 주었다. 친절한 미소로 사람 마음을 쏙 홀려버리는 사람들이었다.

물론 예상 밖의 지출로 다시 햄버거나 피자 등 값싼 빵 종류로 연명할 며칠간의 미래가 눈앞에 훤했다. 물론 그 빵값마저도 한국에서는 어지간한 레스토랑에서 요리 하나를 제대로 즐길 수 있는 돈이긴 했다. 하지만 며칠간 고생하게 되더라도 오늘 쓴 돈이 아깝지는 않았다. 트롬쇠에 이어 이곳에서도 요리가 하나의 예술이라는 것을 배우게 되었으니 말이다.

그림이나 음악, 영화 같은 작품들만 예술인 게 아니라 요리도 시각과 후각 그리고 미각으로 즐기는 예술인 것이다. 식사를 통해 마음 깊이 위로받은 것인지 레스토랑 문을 열고 다시 베르겐 시내로 나서는 내 마음은 마치 트롬쇠에서 바다를 보며 울고 난 직후처럼 평온해졌다.

든든해진 배를 두드리며 마을이 한눈에 내려다보이는 플뢰엔산Mount Fløien 전망대에 올라 야경을 즐겼다. 다시 아름다운 풍경을 보며 눈과 마음 호강을 혼자서만 하고 있는 상황이 아쉬워졌다. 하지만 바닥을 찍었던 내 마음은 보스 호텔 직원의 마음이 담긴 커피와 베르겐의 맛있는 노르웨이 요리로 오늘 좀 더 나아졌다.

확실히 말에는 마음을 움직이는 힘이 있어서 내 입에서 나오는 말을 살피며 따뜻하게 쓰면 다시 내게 좋은 마음으로 돌아온다. 물론 먹는 데 충분한 돈을 써서 생긴 '금융 치료' 효과

일지도 모르지만 말이다.

플뢰엔산 전망대에서 내려오는 케이블카. 싱가포르에서 온 한 신혼부부를 마주쳤다. 옆에 앉자마자 그들은 나에게 한국인이냐고 물어왔다. 내가 그렇다고 답하며 어떻게 알았느냐고 물어보자 자기들은 한국인을 쉽게 구별할 수 있단다. 나 역시 오랜만에 본 동양인이 그렇게 반가울 수가 없었다. 코로나 바이러스와 러시아-우크라이나 전쟁 때문인지 북유럽에서 한국인은커녕 동양인 자체를 보기가 쉽지 않았다. 몇 마디 잡담을 나누며 그들에게 다음 행선지를 물어봤더니 트롬쇠로 간다고 대답하기에 나는 강력히 오로라 투어와 피오르 투어를 추천해 주었다.

나는 내일 일찍 스타방에르로 이동해 프레이케스톨렌Preikestolen이라고 불리는 지역으로 트레킹 갈 예정이라고 말했다. 그랬더니 자신들도 거기로 가려다가 날씨가 좋지 않아서 일정을 수정하기로 했단다. 스타방에르로 갈 예정이라는 나를 걱정하는 그들에게, 나 역시도 속으로 걱정되는 마음이 없던 것은 아니었지만, 괜찮다고 말하며 괜히 어깨를 으쓱해 보였다. 나는 "그게 여행이니까."라는 말을 덧붙이고는 걱정해 줘서 고맙다며 그들에게 작별 인사를 건넸다.

홀로 하는 여행에 외로움만 있는 것은 아니었다. 모든 선택을 온전히 혼자서 내릴 수 있다는 것은 장점이 되기도 했다.

궂은 상황을 선택해도 선택에 대한 책임을 온전히 홀로 짊어지면 되었다. 누군가와 함께 하는 여행은 외롭지는 않지만 나의 선택으로 발생한 상황을 일행도 겪어야 하는지라 보다 더 신중한 선택을 할 필요성이 있다. 특히 신혼여행이라면 더욱 신중해질 수밖에 없겠다 싶었다.

밤이 되니 베르겐은 낮과는 전혀 다른 모습으로 변했다. 여행 일정을 짤 때 노르웨이를 여행하는 사람들이 가장 선호하는 지역이 베르겐이라는 이야기를 많이 접했다. 하지만 여행을 다니다 보면 자신과 궁합이 맞는 여행지는 따로 있다. 트롬쇠는 사람들이 오로라 외에는 볼 것이 없다며 긴 일정을 잡지 않는 여행지였다. 그럼에도 나는 그곳에 비교적 오래 머물렀고 떠날 때도 많이 아쉬웠다.

하지만 베르겐은 너무 많은 기대를 해서 그런지 이상하게 하루만 돌아다녔음에도 충분하다는 느낌이었다. 물론 맛있는 음식으로 마음을 회복할 수 있었던 곳이니 의미 있었지만 말이다. 스타방에르에 다녀온 후 다시 베르겐에 좀 더 머무를 예정이었으니 그때가 되면 지금 나의 이 느낌이 맞는 것인지 어떤지 자연스럽게 알게 될 터였다.

노르웨이에서조차
어떻게든 방법을 찾았어요

호텔에서 조식 대신 챙겨준 샌드위치를 든 채 나는 버스 터미널 의자에 앉았다. 아직 새벽 6시밖에 되지 않았다. 샌드위치를 우물거리면서 생각했다.

'왜 나는 여행을 와서도 굳이 고된 곳을 찾아다니며 고생하길 즐기는 걸까?'

여행 때마다 캐리어도 없이 10킬로그램짜리 배낭 하나를 짊어진 채 쉬지 않고 돌아다녔다. 한 도시에 오래 머무르게 되면 일부러 숙소라도 여기저기 바꿔 다녔다. 당연하게도 숙소 또한 여행의 일부이다. 어떤 날은 북유럽 디자인의 호텔, 어떤 날은 전통 가옥, 또 어떤 날은 비즈니스호텔이나 호스텔. 한국에 돌아가면 아마도 틀에 박힌 일상의 삶을 다시 살아가야 하니 여행지에서라도 반항하는 것일지도 모르겠다는 생각이 들었다.

잡생각에 빠져있다 보니 어느새 버스 출발 시간 5분 전이었다. 넓은 버스 터미널을 부랴부랴 달려 버스를 찾아 헤맨 끝에 겨우 올라탈 수 있었다. 승강장이 터미널 반대편에도 있다는 사실을 몰랐던지라 허둥지둥하다 보니 출발 3분 전에야 겨우 버스에 오른 것이다. 여행을 충분히 다녀보았다는 이유로 스스로를 과신하다가 큰일 날 뻔했다.

예상 시간을 보니 다섯 시간 반 동안이나 버스를 타고 있어야 했다. 스타방에르라는 항구도시가 목적지인데 구글 지도

로 경로를 보니 신기하게도 중간에 바다가 있었다. 도대체 어떻게 바다를 건너는지 궁금했다. 그리고 드디어 그 호기심이 해결될 순간이 왔다.

한 시간 반을 달린 버스가 항구에 도착했고 앞뒤로 차들이 줄지어 있었다. 잠시 기다리니 페리가 항구로 들어섰다. 줄지어 서있던 버스와 차들이 순서대로 배에 올랐다. 안내 방송을 들어보니 승객은 버스에 남아있어도 되고 배 위로 올라가 시간을 보내다 30분 후 맞은편 항구에 도착하기 전까지 버스로 돌아와도 되었다. 나는 호기심을 이기지 못하고 배 위로 올라갔다.

계단을 타고 배에 오르니 바닷바람이 시원하게 불어왔다. 한국에서는 흔히 볼 수 없는 광경인지라 나는 추위에도 바람을 쐬며 여유를 부리다가 선내로 들어갔다. 페리 내부에는 목적지별 날씨를 알려주는 화면이 있고 그 앞으로 좌석이 있었다. 매점도 있어서 잠시 둘러보았지만 별것 없는 군것질거리를 비싼 값에 팔고 있었다. 아무래도 배 안이라 그런 듯했다. 선내에서 대충 때우느니 끼니를 거르고 스타방에르에서 제대로 먹기로 했다. 비슷한 방식으로 버스가 두 번이나 페리를 갈아타고는 다시 두 시간을 더 달리니 스타방에르에 도착했다.

큰 호수가 스타방에르의 랜드마크라고 할 수 있다. 호수

바로 앞에 있는 호텔에 짐을 풀고 나니 방이 너무 추워서 나는 히터를 확인했다. 러시아-우크라이나 전쟁 때문인지 아니면 원래 그런 것인지는 몰라도 추운 북유럽임에도 호텔 실내 온도를 최대 22도까지밖에 올릴 수 없었다. 사실 스타방에르만 그런 것은 아니고 트롬쇠와 베르겐에서도 비슷했다. 혹시 몰라 추가로 가져온 침낭을 이불 아래 깔아두었다. 가뜩이나 추운 북유럽인데 3~4성급 호텔에서도 난방 온도를 22도까지밖에 올릴 수 없다는 게 나로서는 꽤 놀라운 일이었다.

그런데 문제가 생겼다. 내가 이 도시에 온 이유인 프레이케스톨렌으로 가는 버스가 있는지를 호텔 안내 데스크에 물었는데 지금은 비수기라 운행이 종료되었다는 답이 돌아온 것이다. 가슴이 철렁했다. 이미 스타방에르에 3일이나 머물 예정이었고 그 이유는 한나절을 온전히 써야 하는 프레이케스톨렌 등산이었다.

이미 노르웨이 3대 트레킹 코스 중 나머지인 트롤퉁가Trolltunga나 쉐락볼튼Kjeragbolten도 계절상 위험하고 비수기라는 이유로 입장을 통제 중이어서 그곳에 갈 생각은 접어야 했다. 개인 가이드 투어를 이용한다면 갈 방법이 아예 없는 것은 아니었지만 찾아보니 비용이 너무 비싸 포기할 수밖에 없었다. 아쉽게도 3대 트레킹 코스 중 하나 남은 프레이케스톨렌에 어떻게든 모든 희망을 걸어야 했다.

걱정스러운 눈빛으로 한번 알아봐 주겠다고 말하는 호텔 직원에게 감사를 표한 뒤 나는 관광 안내소로 향했다. 센터에는 나 외에도 스페인에서 온 여행객들이 먼저 비슷한 정보를 알아보고 있었다.

성수기가 9월까지여서 가기 쉽지 않다는 말을 이미 호텔에서 들었던 터라 걱정이 이만저만이 아니었다. 관광 안내소 직원은 호텔 직원보다 정보를 많이 갖고 있어서인지 다행히 몇 가지 방법을 알고 있었다. 첫 번째는 등록비가 수십만 원 정도인 패키지 투어였다. 그리고 두 번째는 스타방에르에서 프레이케스톨렌과 가까운 마을까지 최대한 버스로 이동한 다음 콜택시를 이용해 프레이케스톨렌에 가는 방법이었다.

비수기라 개인 단위로 트레킹을 하는 사람이 별로 없을 것 같아 걱정됨과 동시에 그래도 드디어 프레이케스톨렌에 오를 수 있다는 사실에 기뻤다. 트롤퉁가와 쉐락볼튼을 포기하고 그곳을 선택한 것인데 혹시라도 그곳마저 못 가면 어떡하나 하는 걱정이 들던 참이니 말이다.

호수 옆으로 조금 더 걸어가니 스타방에르 항구가 나왔다. 트레킹을 할 수 있게 되어서 그런지 초조했던 마음이 가라앉았다. 항구에 있는 의자에 앉아서 멍하니 바다를 바라보았다. 나는 어릴 때부터 물이 좋았다. 정작 물 안에 들어가는 건 싫어하면서도, 물가에 앉아있는 건 좋아했다. 흔들리는 물결을 따

라 마음속 응어리도 풀어지는 기분이었다. 베르겐에도 호수와 바다가 있었는데 왜 유독 스타방에르에서 마음이 편해지는 것인지는 모르겠다. 아마 베르겐보다 덜 번잡하면서도 소박한 규모의 도시라 그런 듯했다.

시간이 남아 스타방에르에서 유명한 목조 구시가지를 구경했다. 반대편 거리에서는 카페에 앉아 잠시 휴식을 즐겼다. 도시 규모가 소박해서인지 둘러보는 데 그리 오래 걸리지 않았다. 그러다 불현듯 나는 오랜만에 하게 된 등산에 긴장감을 느끼기 시작했다. 노르웨이 3대 트레킹 코스이자 미끄러운 암반 지대를 등산하며 올라가야 하는 것이었다. 알아본 바로는 혹시라도 비가 오면 안개가 짙게 끼어 절벽 길이 꽤 위험해질지도 몰랐다. 다행히 날씨를 알려주는 앱은 내일 하늘이 맑고 구름만 조금 낄 것이라고 예측하고 있었다.

위험한 곳임에도 이곳을 여행 일정에 굳이 포함시킨 이유는 한 번 정도는 떨어진 나의 자존감을 상징적으로 회복시킬 등산 구간이 필요하다고 생각해서였다. 특히 세상에서 가장 아찔한 포토 스폿으로 불리는 프레이케스톨렌 정상으로 한 발씩 디디며 올라가다 보면, 현재 내가 디디고 있는 땅과 내면에만 집중하면서 성취감을 느낄 수 있을 것 같았다.

프레이케스톨렌에 오르는 것을 계기로 그동안 긴 시간 돌보지 않아 망가진 내 몸을 다시 회복시키기로 했다. 3년간 전

업 고시생으로 지내느라 운동은 거의 하지도 못했다. 그래서 인지 여행지에서 내내 컨디션이 좋지 않았고 몸이 축축 늘어지는 느낌이었다. 스타방에르 호수 둘레를 따라 두 바퀴를 뛰니 갑자기 소나기가 미친 듯이 쏟아지기 시작해 나는 호텔로 돌아갔다.

몸이 이렇게 망가지는 동안 나는 꿈을 이루어야 스스로에게 인정받을 것이란 생각으로 나 자신을 괴롭혀 왔다. 그리고 그게 올바르게 사는 삶이라 생각했다. 마찬가지로 노르웨이에서조차 어떻게든 프레이케스톨렌으로 갈 방법을 찾았고 이게 지금까지 살아온 내 삶의 모습이라는 생각이 들었다. 그래서 이번에는 나의 사고 방식에 조금 변화를 주기로 했다.

혹여 원하던 풍경을 보지 못하게 되어도 상심하지 않기로 결심한 것이다. 트롬쇠 오로라 투어에서도 그랬듯 북유럽까지 오기로 한 나의 의지 자체가 중요한 거라는 생각이 들었으니까. 여행이든 삶이든 최선을 다해 방법을 찾았다면 그 이후의 결과는 내 손을 떠난 것이다. 이제는 결과를 생각하기보다 항상 최선을 다하며 살아온 나를 좀 더 돌보고 나에게 선물을 해줄 시간이었다.

프레이케스톨렌에서
존중하는 법을 배웠습니다

나는 어제 관광 안내소에서 알려준 대로 프레이케스톨렌 근교인 요르펠란드Jørpeland까지 가는 버스 종일권을 결제하고 아침 일찍 버스를 탔다. 요르펠란드에 도착하기 20분쯤 전 택시 회사에 전화했는데 콜택시 예약이 꽉 찼다는 답변이 돌아왔다. 어제 관광 안내소에서는 종점에 도착하기 전까지만 전화하면 충분하다고 안내받았던지라 당황스러웠다. 걸어가기란 거의 불가능에 가까운 거리였다.

역시 뭐든 쉽게 한 번에 되는 경우는 별로 없군. 오로라를 볼 때는 악천후로 비행기가 연착되더니 이번에는 직행버스 운행 종료와 콜택시 예약 마감이라는 상황이 나를 기다리고 있었다. 그러나 곰곰이 생각해 보니 콜택시 예약이 마감되었다면 예약에 성공한 사람들이 많이 있다는 뜻이었다. 나는 요르펠란드에 도착하면 눈치를 살피다 콜택시 예약 손님이 보이면

얼굴에 철판을 깔고 합승을 청해보기로 했다.

여섯 명이 나와 함께 버스에서 내렸는데 그중 넷은 어제 관광 안내소에서 보았던 스페인인 여행자들이었다. 그들의 경우 택시 여유 좌석 공간을 생각해 봐도 그렇고 설득하기가 쉽지 않을 것 같았다. 그래서 나는 나머지 둘을 공략하기로 했다. 대학생 배낭여행자로 보이는 두 사람은 마침 택시 회사에 전화해 자신들이 도착했다는 사실을 알리고 있었다. 나는 통화가 끝나기를 기다렸다가 합승해도 되겠느냐고 물었다.

다행히 내가 말을 걸자마자 그들은 기다렸다는 듯 반기며 받아주었다. 사람이 늘어나면 자신들이 내는 비용도 줄어드니 좋다고 했다.

우여곡절 끝에 택시를 타고 프레이케스톨렌 등산로 입구

에 도착했는데 또 하나 문제가 생겼다. 택시비를 삼등분해 카드로 각자 계산하려 했더니 기사 말이 요금을 분할 결제할 수 없다는 것이었다. 현금이 있었다면 당연히 가능했겠지만 나는 북유럽에서는 현금이 거의 필요치 않다고 생각해 환전을 해 오지 않았던 것이다.

나머지 두 사람의 쭈뼛쭈뼛하는 모습을 보며 나는 직감했다. 두 사람은 이제 겨우 20대 초반으로 보였다. 내가 모두 내는 게 좋을 듯했다. 나는 "한국에서는 연장자가 낸다고." 하며 그냥 내 카드로 모든 금액을 결제해 버렸다. 어차피 택시 합승을 못 했다면 혼자 냈어야 하는 돈이었다. 합승을 허락해 준 덕분에 택시를 탈 수 있었으니까 나로서도 나쁠 것이 없었다. 따지고 보면 그들은 나를 오지 못할 뻔한 프레이케스톨렌에 오게 해준 은인이니까.

당황하는 두 사람에게 나는 택시비를 갚을 필요는 없고 정상에서 마주치면 사진이라도 한 장 찍어달라고 했다. 택시에서 내린 뒤 우리는 서로 이름을 물었다. 둘은 스위스에서 온 쇼엘과 미건이라는 대학생이었다. 내가 전체 비용을 부담한 상황에 미안했는지 그들은 나만 괜찮으면 돌아가는 택시도 같이 타자고 제안했다. 그때는 자신들이 내겠다고. 사람과 사람 사이 매너를 알고 있는 멋진 여행자들이었다. 나는 알겠다고 답한 뒤 두 친구끼리 시간을 가질 수 있게 배려해 주었다. 정상에서 만나자고 말한 뒤 내가 먼저 산행에 나섰다.

맑을 거라 기대했던 것과는 달리 등산을 시작하자마자 안개가 잔뜩 끼기 시작했다. 조금 더 산을 오르니 설상가상으로 비까지 내렸다. 일기예보상으로는 분명히 아직도 '구름 조금 끼고 맑음'인데 말이다. 아마 산간 지역이라 스타방에르의 기상 정보와 차이가 있는듯했다.

총거리 3.8킬로미터, 해발 604미터에 불과한 프레이케스톨렌이었지만 가파른 등산로가 계속 이어졌다. 가뜩이나 비탈진 길이 비까지 내려 더 미끄러워졌다. 나는 한국에서부터 미리 챙겨 온 경등산화를 신은 것을 감사해하며 바윗길을 조심히 올랐다.

중간중간 호수가 나타났다. 안개가 조금만 걷혀도 참 장관일 것 같은데 대략 10미터 밖으로는 아무것도 보이지 않았다. 거의 정상에 다다른 지점부터는 발을 조금만 잘못 디뎌도 낭떠러지 아래로 떨어질 것 같은 길이 이어졌다. 한편으로는 오히려 안개가 끼어 다행이라는 생각까지 들 정도였다. 절벽 아래가 훤히 보였더라면 무서워서 어떻게 올랐을까.

조심스레 끝까지 올랐으나 정상에도 안개가 가득했다. 명색이 노르웨이 3대 트레킹 코스로 불리는 프레이케스톨렌인데 아무것도 보이지 않아 허무할 정도였다. 원래는 뤼세Lyse 피오르 방향으로 툭 튀어나온 정상 바위 아래로 바다를 낀 절경이 펼쳐져 있어야 했다.

셀카를 찍다 발이라도 잘못 디뎠다간 낭떠러지 아래로 떨

어질 위험이 있지만, 그럼에도 불구하고 그럴 가치가 있다고 할 만큼이나 아름답기로 유명한 곳인데 말이다. 뒤따라온 쇼엘과 미건도 함께 눈앞의 광경에 실망하고 있다가 우리는 이내 아쉬운 대로 서로 사진을 찍어주기 시작했다. 그래도 두 사람 덕분에 나도 제법 운치 있는 사진을 건질 수 있었다.

한 시간 이상을 기다려도 날씨가 맑아질 기미가 보이지 않았다. 설상가상으로 빗줄기가 거세지기 시작했다. 파르르 입술이 떨리는 추위에 나는 쇼엘과 미건에게 먼저 등산로 입구 카페로 가서 기다리겠다는 말을 남기고 하산하기 시작했다. 나 또한 혹시나 더 기다려 보면 상황이 나아질까 싶은 마음이 없었던 것은 아니다. 하지만 이 이상 추위에 거센 비를 맞다간

다음 날 크게 앓을 수도 있을 듯했다. 충분히 최선을 다했으니 미련을 버리고 후회 없이 돌아서서 내려가기 시작했다.

비는 그칠 기미가 보이지 않았고 아침부터 기껏 손질해 둔 머리는 거지꼴이 되었다. 등산 중인 유럽인들을 살펴보니 그들 대부분은 비니 모자를 쓰고 있었고 아예 짧은 머리인 경우에나 머리를 드러내고 있다는 걸 알 수 있었다.

나는 앞머리가 눈까지 내려오는 정도의 길이였는데 등산로의 유럽인들과 비교하면 상대적으로 장발에 가까웠다. 점점 비에 젖은 앞머리가 길게 축 늘어져서 나는 귀신 같은 꼴이 되기 시작했다. 그래서인지 올라오던 사람들이 나를 보면 흠칫 놀라기 시작했다. 이상하게 나는 신나는 기분이 들었다. 그래서 일부러라도 내려가는 길에 맞은편에서 올라오는 등산객들

에게 인사를 하기 시작했다. 대부분 놀라면서도 내가 인사를 하면 거의 받아주었다.

다시 등산로 초입으로 내려오니 거짓말처럼 날씨가 맑아졌다. 이맘때까지 기다렸다면 높은 곳에서 맑은 경치를 볼 수 있었을까 싶어 안타까웠으나 이미 지나간 일. 정상에서는 비를 퍼부었는데 아래는 이렇게나 평화롭다니 그렇게 얄미울 수가 없었다. 그러나 오히려 안개가 자욱했던 프레이케스톨렌을 본 것도 의미가 깊다는 생각이 들었다. 왜냐하면 이번 여행의 화두는 '꿈보다 내가 더 소중하다.'이니 말이다. 아무리 프레이케스톨렌의 멋진 풍경을 보겠다는 꿈이 있어도 내 몸에 병이 날 정도의 거센 비를 맞는 일은 원하지 않았다.

내가 이번 여행에서 꼭 이루고 싶은 버킷 리스트 속 일이자 나의 꿈을 상징하는 목표가 두 가지 있었다. 하나는 트롬쇠에서 오로라를 올려다보는 것, 그리고 나머지 하나는 이곳 프레이케스톨렌을 올라 피오르를 내려다보는 것이었다. 그 두 가지는 내가 삶에서 이루고 싶었던 목표를 상징하는 것이다. 공인 노무사 시험 합격이라든지, 작가가 되는 것이라든지 말이다.

결과적으로 오로라를 보는 데는 성공했고 이곳 뤼세 피오르의 프레이케스톨렌은 다소 만족스럽지 않았다. 그러나 생각해 보면 오로라를 보려는 노력과 프레이케스톨렌을 보려는 노력 모두 후회 없이 충실히 실행했다. 결과가 좋으면 당연히 더 좋겠지만 결과가 좋지 않다고 해도 그걸 위해 쏟았던 나의 노력이 부정당하는 것은 아니라는 말이다. 노력이 정당하고 만족스러웠다면 그걸로 족하다. 그 이후의 결과는 하늘에 달린 것, 이미 내 손을 떠난 것이다.

그렇게 생각하니 갑자기 정상에서 내렸던 비가 나쁘지 않게 느껴졌고 산 아래로 내려와 마주한 밝은 해도 너무 좋았다. 모든 게 나의 선택으로 일어난 결과물인데 내가 싫어해서야 되겠나 싶었다. 잠시 카페에 앉아 맑아진 날씨에 몸을 녹이며 기다렸더니 30분 정도 더 지나 쇼엘과 미건이 내려왔다.

혹시 정상에서 기다린 끝에 안개가 걷힌 것을 보았는지 물어봤더니 미세하게 옅어지긴 했지만 큰 변화는 없었다고 했다. 우리는 아쉬움을 뒤로하고 택시를 불러 다시 요르펠란드로 향했다. 그곳에서 버스를 기다리는데 쇼엘이 나에게 여행을 왜 혼자 다니는지 물어보았다. 내가 붙임성도 있고 사람을 싫어하는 것 같지 않은데도 혼자 다니고 있는 이유가 궁금하다는 것이었다.

나는 앵무새처럼 다시 파울로 코엘료의 이야기를 꺼내며 그가 책에서 "여행은 결혼 전까지는 혼자 다니는 것이다."라고 한 말을 좋아해서 그렇다고 했다. 그러자 홀로 어디를 그렇게 돌아다녔는지 묻기에 나는 내가 갔던 국가를 나열하기 시작했다. 그런데 내가 스위스 체르마트Zermatt에도 홀로 가본 적이 있다고 했더니 그는 갑자기 놀라며 나더러 부자라고 말했다. 자기들은 스위스에 사는데도 체르마트 물가가 비싸서 거기에 갈 엄두를 못 낸다고 했다.

실제로 그곳의 물가가 비싸긴 했어도 고물가에 익숙할 거라 생각했던 스위스인이 그런 말을 한다는 것이 신기했다. 내가 의아해하며 호텔 예약 앱을 찾아보니 코로나바이러스 이슈 때문인지 혹은 전쟁 때문인지 몇 년 전보다 비용이 곱절은 오른 듯했다. 내가 갔을 때는 지금보다 저렴했고 나는 부자가 아니라 조금씩 여행을 위해 돈을 모았던 것이라고 답했다. 그저 경험의 가치가 비용보다 크다고 생각한다고 했다. 그리고 운 좋게도 홀로 다녀온 덕분에 물가가 오르기 전에 좀 더 편하게 다녀올 수 있었던 것 같다고도 했다.

쇼엘과 미건은 내 대답이 마음에 들었는지 나와의 헤어짐을 아쉬워하는 눈치였다. 나 역시 돌아오는 택시비를 부담해 준 그들에게 고마움을 담아 따뜻한 카페에서 음료라도 대접하고 싶었다. 그러나 자칫 잘못하면 남은 하루를 그곳에 통째로 매여버릴 것 같은 기분이 들었다. 스타방에르 버스 터미널에 도착한 후 나는 그들에게 고마웠다는 작별 인사를 건네고 다시 항구로 걷기 시작했다.

왜 스타방에르 일기예보가 맑음이었는지 이해가 될 정도로 이곳은 거짓말처럼 하늘이 평온했다. 비록 제대로 경치 구

경을 하지는 못했지만 추운 산에서 수고한 나에게 다시 따뜻한 보상을 주고 싶어졌다.

숙소에서 잠시 쉬다 보니 금세 저녁 시간이 되었다. 나는 관광 안내소에서 추천받은 해산물 레스토랑에 들어갔다. 주말 저녁이었던지라 이미 예약이 꽉 차있었지만 레스토랑 직원이 나에게 혹시 혼자 왔는지를 물었다. 그렇다고 대답했더니 마침 1인석 한 자리가 비어있다고 했다. 이럴 때는 확실히 혼자 다니는 여행이 편리하다.

식전 빵과 연어, 타르타르소스, 고수홍합찜, 생선스테이크와 디저트가 차례로 나왔다. 트롬쇠나 베르겐의 레스토랑의 것보다는 조금 아쉬운 요리였지만, 나 스스로에게 따뜻한 요리를 양껏 대접한 것으로 충분히 만족스러웠다.

스타방에르의 야경을 구경하려다 이미 충분히 힘든 하루였다 싶어 굳이 무언가를 더 하려는 마음을 내려놓기로 했다. 오늘은 마지막까지 스스로의 상태를 존중해 주기로 하고 일찍 쉬기 위해 호텔로 향했다.

동양인도
좋은 것을 누립니다

나는 아침 일찍부터 다시 베르겐으로 향하는 버스에 올랐다. 사실 스타방에르 공항에서 이동하는 편이 시간을 더 아낄 수 있었으나 버스와 페리로 이동하는 경험을 해보고 싶어서 굳이 선택한 방법이다. 올 때와 마찬가지로 다섯 시간 반의 시간이 흘러갔다.

신기한 점은 오늘부터 기준시가 한 시간 변경되었다는 것이었다. 원래 한국과 노르웨이 간 시차는 일곱 시간이었는데 여덟 시간으로 바뀐 것. 유럽의 서머 타임이 원래 시간으로 복귀되어서 그렇단다. 버스 시간을 확인하려고 휴대폰을 보던 중 시간이 이상하다는 걸 깨닫고 인터넷으로 알아봤던 게 천만다행이었다.

공교롭게도 기준시가 바뀐 이날, 나는 이번 여행을 통틀어 가장 좋은 호텔에 머물 예정이었다. 일찌감치 예약해 놓았던지라 트롬쇠나 보스에서 묵었던 호텔과 가격 차이가 없는데도 훨씬 규모도 크고 고급스러운 호텔이었다. 터미널에서 내리자마자 체크인 시간이 다가왔고 나는 설레는 마음으로 곧장 호텔로 향했다. 그러나 큰 배낭을 짊어진, 그리 여유로워 보이지 않는 행색을 한 청년이 객실을 예약했다고 말해서인지 호텔 데스크의 반응이 영 이상했다. 예약을 했다는 내 말을 분명히 들었을 텐데도 직원은 나를 아래위로 훑으며 다시 한번 되물어 왔다.

"뭐라고 했어?"

순간 스쳐간 직원의 경멸 어린 표정에 나는 지금 내가 인종차별을 당하고 있는 것임을 직감했다. 그들이 영어에 자신 없어 하는 동양인에게 '뭐라고 하는지 못 알아듣겠다.'라는 듯 되물으면 대부분의 동양인들이 당황하며 어쩔 줄 몰라 한다는 걸 이용한 인종차별이다. 물론 내 영어 발음이 유려하지는 않다. 하지만 '예약'이라는 말을 'reserve'나 'book'같이 널리 쓰이는 쉬운 단어로 표현하는데 호텔업계 종사자가 못 알아들을 리가 없다. 나는 화를 꾹 참고 대답했다.

"오늘 여기 객실을 예약했다고."

내가 힘주어 단어를 한마디씩 다시 말하자, 더 이상 못 들은 척하기는 어렵겠다 싶었는지 직원은 전략을 바꾸었다.

"그러니까 너의 말은, 체크인하겠다고?"

믿을 수 없다는 눈으로 나를 바라보던 직원은 다시 한번 나에게 모욕을 주었다. 내가 스스로를 존중하겠다고 생각한 뒤부터 숙소 종류를 호텔로 바꾼 것까지는 좋았다. 그러나 호스텔을 고집하던 때까지는 잘 볼 수 없었던 차별적 시선이 노르웨이에서도 슬슬 보이기 시작했다는 것은 속상한 일이었다. 내가 그렇다고 대답했더니 투숙객 명부를 몇 번이나 확인하던 직원이 부대 시설에 관해 설명하기 시작했다. 그러나 이내 그는 어색한 '자본주의 미소'를 날리며 다시 이상한 말을 했다.

"우리 호텔은 레스토랑이 꽤 멋지고 분위기가 좋아. 내부 구경은 해도 상관없어. 그런데 저녁 식사 시간이 5시부터 시작이라, 손님들이 오기 전에는 나가줘야 해."

나는 미리 그 레스토랑에 저녁 식사를 예약해 두었던 터라 쓴웃음을 지으며 대답했다.

"나, 거기 저녁 식사 예약했어."

직원이 당황해서 잠시 침묵한다. 그제야 내가 큰 배낭을 짊어진 행색과는 달리 호텔에 머물 만한 경제력은 갖춘 사람일지도 모른다고 생각한 듯했다. 이왕 좋은 호텔에 비용을 낸 김에 좋게 생각하려고, 내가 예민한 것이라고 애써 넘기려고 애써봐도 투숙객을 대하는 그의 태도는 너무 무례했다. 마치 동양인인 내가 이 정도의 호텔에 오는 것이 너무 이상한 일이고 값비싼 레스토랑에서 저녁 식사를 할 수 있는 것이 이해되지 않는다는 표정이었다.

스타방에르 호텔에서 묵을 때도 아침 식사 중 관광객 몇이 자기들끼리 수군거리며 "Monkey."라고 중얼거리며 나를 기분 나쁘게 쳐다본 적이 있었다. 나는 그때도 기분이 상했지만, 보나 마나 그들은 노르웨이인이 아니라 인종차별 심한 특정 유럽 국가 출신 여행자일 거야 하며 못 들은 척 넘어갔었다. 그런데 호텔 직원조차 이럴 줄이야.

굳이 그를 이해하려 노력해 보자면 이런 생각도 가능하다. 내가 노르웨이에서 묵은 호텔에서 본 직원들 중 잡일을 담당하는 직원은 유독 대부분 유색인종이었다. 마치 서구권 영화 중 근대를 다룬 작품에서 하인이나 비선호 직업 배역을 맡은 사람 중엔 유색인종이 많듯이 말이다. 북유럽에서 영주권을 따기 위해 궂은일을 하는 외국인 노동자가 꽤 많은 것으로 안다. 스웨덴 호스텔에서 마주쳤던 이란인 노동자처럼. 동양인

에 대한 편견이 생기는 것도 무리는 아닐 수 있지만 투숙객에게까지 그렇게 대할 줄이야. 일선에서 고객을 대하는 유명 호텔 직원이 서비스 교육도 제대로 받지 않는다는 것인지, 잘 이해가 되지 않았다.

나는 방에 짐을 풀고 옷을 깔끔하게 갈아입었다. 이제는 더 이상 차림새로 무시를 당하지 않겠지 싶었다. 산책하러 나가는 길에 보니 그 직원이 데스크에서 동료와 교대하고 있었다. 나는 일부러 그 직원 앞에서 스스로를 과시하기로 마음먹었다. 최고급 호텔이 익숙한 척 방이 썩 마음에 든다며 소탈한 '영 앤 리치' 느낌으로 자연스럽게 말을 걸었다. 그 직원은 나를 보며 내 기대에 어긋나지 않는 멀떠름한 자본주의 미소를 보여주었다.

다행히 새로 교대하러 온 직원은 편견이 없는 사람이었다. 나와 앞의 직원 간 신경전을 알 리 없는지라 방이 마음에 든다는 나의 말에 순수하게 좋아하며 밝게 인사를 해주었다. 꾸밈없는 표정으로 밝게 응대하는 직원의 모습에 금세 기분이 좀 나아졌다. 나는 '그래, 기분 나쁘게 대한 직원도 어딜 가나 한 명쯤 있을 뿐인 소수의 사람일 거야.' 생각하며 호텔을 나섰다.

나는 베르겐 목조 가옥을 구경하다가 저녁 식사를 예약해 둔 시간이 되어 호텔로 돌아왔다. 레스토랑 입구로 들어서는 순간 멋진 내부 모습에 눈이 휘둥그레졌다. 그런데 여기서도 다시 인종차별이 시작되었다. 놀고 있던 직원들이 나를 보고

는 자기들끼리 피식 비웃더니 그중 한 명이 입구로 다가왔다. 고급스러운 레스토랑을 천천히 둘러보는 나에게 그는 확신을 가진 표정으로 당당하게 말을 걸었다.

"여기 호텔 나가는 길 없어. 너 잘못 들어왔어."

내가 말없이 물끄러미 쳐다보는데 나를 보는 그의 얼굴은 얼른 안 나가고 뭐 하느냐는 듯한 표정이었다. 절대 동양인인 너는 이런 곳에서 식사할 리 없다는 표정이었다. 내가 후줄근한 차림이었냐 하면 그것도 아니었다. 체크인할 때는 어느 정도 그렇게 보일 수 있었다는 걸 인정할 수 있다. 백팩도 메고 있었고 말이다. 그런데 레스토랑에 갈 때는 셔츠와 바지로 깔끔하게 갈아입었기 때문에 차림새 때문은 아니었다. 일례로 바로 근처에서 식사하고 있는 백인 아주머니는 유행이 한참 지난 것 같은 평범한 체크무늬 옷을 입고 있었다. 고로 이것은 인종차별 혹은 동양인에 대한 선입견임에 틀림없다는 생각이 들어, 오히려 당당하게 나가야 한다는 생각이 들었다.

"나 여기 식사 예약했는데?"

또박또박 나온 내 대답에 이 직원 역시 당황했는지 체크인 때 겪은 것과 같은 반응이 나왔다.

“뭐라고?”

“여기 예약했다고.”

분명히 알아들었을 이 종업원도 잠시 어색한 표정을 지었다. 예약 명부에서 내 이름을 확인하고는 자리로 안내해 주었다. 역시 사과는 한마디도 없었다. 이런 대접을 하는 곳에서의 식사인데 아무리 훌륭한 요리인들 맛있게 느껴질 리가 만무했다. 이미 첫 응대에서부터 끝났다. 그들이 나에게 보여준 모습은 공격적인 인종차별이라기보다는 동양인에 대한 분명한 고정관념 같았다.

‘약자이고 가난한 데다 보호받아야 할 존재에 불과한 동양인이 자기 스스로 이런 것을 누린다고?’

마치 그런 느낌이었다.

베르겐에 처음 도착했던 날 밤부터 느꼈듯 레스토랑과 전망대 야경을 제외하곤 이상하게 나는 이곳과 궁합이 맞지 않는 기분이었다. 모든 경험이 좋은 기억으로 남아있는 트롬쇠로 돌아가고 싶어질 정도였다. 하지만 베르겐을 제외하면 노르웨이에서 좋은 기억이 너무도 많았다. 당할 때마다 기분이 나쁜 건 매한가지이긴 하지만 인종차별은 항상 받아들이는 쪽의 마음이 중요한 것이다.

노르웨이 전체의 인상을 망가뜨리기에는 좋은 사람들을

너무 많이 만났다. 인종차별은 그저 세계 어디를 가나 겪을 수 있는 일이라고 생각하기로 했다. 노르웨이의 경우 특급 호텔씩이나 되는 곳에 와서야 차별적 시선을 느낄 수 있었던 것이니 오히려 전체적으로 양호한 편이라고 할 수도 있겠다. 실제로 이번 여행 중 다른 곳에서는 차별을 느껴본 적이 거의 없어 기분 좋아 했었으니 말이다.

저녁 식사 후 침대에 누워 내일 묵을 전통 가옥 숙소를 다시 확인하는데 체크인 시간이 오후 3시였다. 오전 11시에는 이 호텔에서 체크아웃해야 하는데 배낭을 이런 곳에 맡겨두고 돌아다니고 싶지 않았다. 그래서 혹시나 하는 마음에 호스트에게 좀 더 이른 시간에 체크인할 수 있는지 메시지를 보냈다. 얼마 지나지 않아 메시지가 왔다. 마침 오늘 숙소를 예약한 사람이 없어서 얼마나 이른 시간이든 체크인 가능하다는 답변이었다. 심지어 지금 당장도 가능하다는 첨언과 함께.

너무 기분이 좋았던 나머지 사랑한다고 답했다. 기분이 좋지 않은 호텔에 배낭을 맡기며 아쉬운 소리를 해야 하나 싶어 기분이 찜찜했는데 일이 잘 풀렸다. 마음 같아서는 호스트의 말처럼 오늘 밤 당장 숙소를 옮기고 싶었지만 이왕 특급 호텔에 돈을 쓴 건데 바로 옮기면 내 손해일 뿐이었다. 호텔 비용에 포함된 조식까지는 한계치까지 우려먹고 나가야 직성이 풀릴 것 같았다. 동양인도 좋은 것을 누린다는 것을 증명이라도 하듯 방에서 한껏 여유를 즐기다 잠이 들었다.

노르웨이 전통 가옥에서 마음을 되찾다

숙박 전용 앱으로 예약한 노르웨이 전통 가옥 독채를 홀로 경험할 수 있는 날이었다. 한국으로 따지자면 한옥을 빌리는 것과 같은 셈. 호스트가 배려해 준 덕분에 오전 11시도 되지 않아 새로운 숙소로 향할 수 있었다.

관광지에서 꽤 떨어진 곳에 존재하는 1779년에 지어진 전통 가옥이었다. 관광지에서 벗어난 곳이라고 해도 베르겐 중심부에서 도보로 30분 거리밖에 되지 않았다. 걷는 것을 좋아하는 터라 베르겐 외곽도 천천히 구경할 겸 걸어갔다. 관광지를 벗어나니 골목을 따라 알록달록한 주거 지역이 길게 늘어서 있었다.

굽이굽이 돌아 도착한 숙소는 동양인 여행자의 환상을 충족시켜 주었다. 240년가량 지난 오늘날까지 계속 리모델링을

POST

해온 것인지 외부가 깔끔하고 내부 역시 난방 등 설비가 현대식으로 잘 갖춰져 있었다. 무인 체크인 시스템이라 호스트의 얼굴은 볼 수 없었지만 내부에 준비된 숙박 안내서라든지 갖춰진 물품을 보니 호스트는 세심하고 친절한 사람임이 틀림없었다. 덕분에 나만의 공간으로 변한 전통 가옥 독채에서 오랜 여행으로 인한 긴장이 풀렸다. 짐을 풀고 편안한 마음으로 잠시 소파에 누워 생각했다.

'내가 인종차별을 받는다고 느낀다면 그걸 굳이 기분 나빠하는 것은 어디서 온 마음일까.'

잠시 생각하다 보니 이것도 하나의 인정 욕구에서 오는 것일 수도 있겠다는 생각이 들었다. 생면부지의 타지 사람에게 인정받는다 한들 그걸 어디에다 쓸까. 가치가 없는 일이니 앞으로는 직접적인 인종차별을 겪지 않는 이상 굳이 상대하지 않아야겠다 결심했다. 인종차별을 경험할 때마다 느끼는 것이지만 생각보다 그런 일을 여행지에서 홀로 겪게 되면 적어도 하루는 후유증을 겪는다. 이번 역시 어제저녁부터 오늘 아침까지 속상한 마음이 이어졌다.

여행 중 SNS에다 속에 있는 이야기들을 줄줄 다 쓰는 편이어서 그런지 지인들에게서 안부 연락이 꽤 왔다. 나더러 괜찮은지를 묻는 걱정 어린 질문이나 이왕 어렵게 여행지까지 갔으니 좋은 것만 보라는 조언이 대부분이다. 고마운 일이지만 나는 세상에는 다양한 여행 스타일이 존재한다고 생각한다. 어떤 사람들은 여행의 좋은 면만 보고 싶어 하지만 나는 모든 감정을 느끼고 싶다. 내가 “여행은 기쁨과 행복으로만 가득한 것”이라고 쓴다면 그 글은 솔직하지 못한 글이다.

개인적 경험으로 봤을 때 인생에서 가장 힘들었던 시기를 극복할 수 있었던 원동력은 단순 긍정이 아니었다. 오히려 내가 느낄 수 있는 모든 감정을 있는 그대로 솔직히 인정하고 그 안에서 배우고 수용하는 태도가 지금의 나를 만들었다. 이걸

나는 혼자 다닌 유럽 여행과 산티아고 순례에서 배웠다. 그러니까 나는 앞으로도 그렇게 살기를 원한다. 더 정확하게는 찐득하고 솔직한 감정들을 느끼기 위해 여행을 떠나는 것이기도 하다.

나이가 들어 현실을 알면 너도 바뀔 것이라며 조언을 가장한 오지랖을 부리던 사람들에게 틀렸다고 말해주고 싶었다. 나는 죽을 때까지 단순 긍정이라는 수단으로 스스로를 속이며 가스라이팅하지는 않을 것이다.

감정을 절제하면서 AI 로봇 같은 프로페셔널이라고 불리기보다는 희로애락 모든 감정을 충실히 느끼는 사람이 되고 싶었다. 경험상 감정을 충실히 느끼면서도 행복을 느낄 수 있었다. 각각의 감정에서 얻는 배움이 있으므로 사실 진정한 긍정이란 감정에 충실하면서도 따뜻한 신념을 지키는 것이라는 주관을 갖고 있다. 그리고 그게 내 자부심과 긍정성의 원천이었다. 활화산처럼 타오른 머리를 털고 일어나 호스트가 거실에 마련해 둔 가이드북을 참고하여 하이킹에 나섰다.

집 뒤쪽으로 스톨체클라이벤Stoltzekleiven이라 불리는 하이킹 코스가 있었다. 아래에서 볼 때는 높아 보이지 않는 산이었는데 코스의 경사가 과장 보태서 70도는 족히 되는 것 같았다. 급경사라 오르는 데 시간이 생각보다 오래 걸렸다. 심지어 최근에 비가 자주 왔던 탓인지 프레이케스톨렌 못지않게 미끄럽기까지 했다. 급경사를 오르다 보니 수년간 고시 공부로 망가

진 몸이 비명을 질러댔다. 프레이케스톨렌에 이어 등산을 하루건너 하루꼴로 했더니 죽을 맛이라 땀이 비 오듯이 쏟아졌다. 그러나 한편으로는 몸 안에 축적되어 있던 염증이 배출되는 느낌이라 개운하기도 했다.

고시를 준비하기 전 요가를 열심히 배우던 시절 잡아두었던 몸의 균형이 조금씩 회복되는 게 느껴졌다. 코어를 잡고 살아가는 것이 중요하다던 요가 선생님의 말씀이 떠올랐고 확실히 몸의 중심만 잘 잡아도 걸음에 힘이 생겼다. 그렇게 힘을 내서 정상에 도착했는데 프레이케스톨렌에서도 보지 못했던 아름다운 호수 풍경이 펼쳐졌다.

신기하게도 한국의 산과 달리 노르웨이의 산들은 정상에 호수가 있는 경우가 많았다. 여기가 바로 낙원이라는 생각이 들 정도로 탁 트인 공간에서 숨을 몰아쉬었고 호수가 내 마음을 다시 맑게 했다. 그리고 특별한 계기가 있었던 것이 아닌데도 이상하게 내면이 완전히 회복되었음을 직감할 수 있었다.

다시 산에서 내려와 남은 시간은 무리하지 않고 숙소 주변 동네를 구경했다. 베르겐 관광 지역에서 볼 수 없는 대학교 기숙사와 해양대학교, 음악대학 등 주민의 평범한 삶이 펼쳐졌다. 길에는 관광객 대신 대학생들이 돌아다녔다. 베르겐은 오히려 관광지에서 벗어난 지역이 나와 결이 맞는 것 같았다. 베르겐으로 돌아와 불편하던 마음이 다시 풀어지며 편안한 숨을 쉴 수 있었다.

나를 존중한 결과는 마음과 표정의 회복

이상한 일이 있었다. 분명 숙소에서 불을 사용한 적이 없는데 2층 침실에서 한참 자고 있는 도중에 뭔가 쿠당탕하는 소리가 들렸다. 그리고 1층 화재경보기 소리가 울리기 시작했다. 도둑이 들었나 싶어 너무 놀랐지만 인기척은 들리지 않았다. 혹시 몰라 배낭에서 우산을 꺼내 한 손에 들고 1층으로 내려갔다. 다행히 아무도 없는데도 천장 경보기가 바닥에 떨어진 채 울리고 있었고 타는 냄새나 이상 징후도 보이지 않았다. 쿠당탕했던 소리는 경보기가 바닥에 떨어지는 소리였을 테고, 아마도 그 충격으로 경보기가 울린 듯했다. 바닥에 떨어진 경보기의 건전지를 빼니 소리가 멈췄다.

시간을 보니 한 시간 정도 후면 어차피 일어나야 할 시간이었다. 다시 잠을 청하기에는 애매했다. 혹시 몰라 호스트에게 메시지로 화재경보기가 떨어진 시점과 내가 조치한 과정을 알렸다. 30분 정도 지나자 불편을 줘서 미안하고 조치를 잘 해 주었으니 체크아웃하고 나면 나머지는 본인이 처리하겠다는 응답이 왔다. 그것만 제외하면 아무것도 불만이 없었던 시간이었던지라 너무 잘 지냈고 고마웠다는 메시지를 남겼다.

어차피 관광 지역 외곽까지 나온 김에 동네 주민 사이에서 유명한 음식점도 가보고 싶었다. 마땅한 곳을 찾다가 숙소 호스트가 맛집이라고 추천한 카페 겸 레스토랑에 들어가 새우샐러드와 수제 사과주스를 시켰다. 아직 이른 점심시간이었음에도 벌써 동네 주민으로 카페가 붐비는 것을 보니 맛도 기대해 볼 만했다.

샐러드를 입에 넣자마자 신선한 해산물 특유의 바다 내음이 입속에 훅하고 들어왔다. 세상에, 우리나라에 '단짠단짠'이 있다면 노르웨이에는 '신짠신짠'이 있다고 말하고 싶었다. 신선하고 짠데 그게 참 중독적인 맛이었다. 물론 파인 다이닝 레스토랑에 비할 바는 아니었지만 현지인 입맛에 맞는 맛집을 경험해 보는 의미가 컸다. 우리나라로 따지면 된장찌개 잘하는 동네 맛집에 온 느낌이랄까.

식사를 마치고 카페를 나오자마자 비가 쏟아지기 시작했다. 오늘의 숙소까지는 다시 30분은 이동해야 했다. 노르웨이 날씨는 정말 처음부터 끝까지 여행 내내 징글맞았다. 바람이 너무 세서 비가 아예 가로로 쏟아질 정도라 미리 챙겨온 레인코트를 입고 꽉 잠근 채로 걸었다. 배낭이 흠뻑 젖어버려서 숙소에 가면 해야 할 일이 태산이었다.

우여곡절 끝에 숙소에 도착했는데 체크인 시간인 오후 3시까지는 두 시간은 더 기다려야 했다. 오후 4시 반이면 해가 지는 계절이라 3시까지 마냥 기다리면 금방 밤이 되기 때문에 지체할 시간은 없었다. 짐을 숙소에 맡겨두고 적당히 잦아든 비를 맞으며 베르겐 주거 지역을 걸어 다녔다.

베르겐에서의 마지막 날이었다. 관광지 구경은 충분했다는 생각에 오늘은 베르겐 교회와 대학교 등 어제와 마찬가지로 숙소 주변 동네를 구경하고 다녔다. 베르겐과 잘 맞지 않다는 생각뿐이었는데 어제부터 관광지를 떠나 오히려 동네를 구

경하는 재미가 생겼다. 대학교 학생들이 수업을 듣다가 까르르 웃으며 건물에서 나와 벤치에서 샌드위치를 먹는 풍경이 정겨웠다. 한국과 크게 다를 바 없는, 세상 어디서나 비슷한 평화로운 모습이 내 마음의 평안함으로 이어졌다.

걷다가 갑자기 다시 거세진 비를 피할 만한 곳을 찾다 보니 '코다KODA'라고 쓰인 건물들이 눈에 들어왔다. 이곳은 도대체 무엇을 하는 곳이기에 큰 건물 네 채에 같은 이름이 적혀있나 봤더니 베르겐에서 꽤 유명한 미술관이었다. 심지어 두 채의 건물은 관광객에게는 무료로 개방한다고 광고도 하고 있었다. 비도 오고 하니 미술관 구경을 하는 것도 나쁘지 않을 것 같았다. 점점 몸이 차가워지고 있던 차에 내심 실내 활동이 반가웠다. 유료 전시까지 관람할 수 있는 입장권 가격도 합리적이었다.

그림에 대해 조예가 깊은 편이 아니라 심도 있는 감상은 할 수 없었지만 미술관 건물마다 콘셉트가 명확해서 편안한 관람이 가능했다. 크게 전통 작품과 현대 작품으로 나누어서 전시하고 있었다. 유럽에서 전통적인 화법을 유학한 노르웨이 화가들이 고국으로 돌아와 피오르 지형이나 항해 문화 등 노르웨이의 특성이나 삶을 주 소재로 삼아 예술 활동을 한 점이 인상적이었다.

특히 빛을 사용해 느낌을 표현하는 화가들이 많았다. 반면 현대 미술은 아이슬란드, 스웨덴뿐 아니라 북유럽 어디를 가

더라도 공통적으로 느끼는 점이지만 너무 난해했다. 심지어는 사람을 불편하게까지 할 수 있는 정도의 우울함이 소재인 경우도 많았다. 미술관 분위기에 흠뻑 젖어 작품들을 관람하고 나오니 머리가 몽롱했다. 노르웨이의 깊고 슬픈 이면도 들여다본 느낌이었다. 이상하게 매일 비슷해 보여 금방 싫증을 느꼈던 베르겐 관광지의 풍경도 오늘따라 다르게 보였다.

비가 완전히 그쳐서 다시 부두로 갔는데 마침 퇴근 시간인지 사람들이 우르르 페리를 타고 옆 동네로 퇴근하고 있었다. 어제 머물렀던 동네로 가는 사람도 있었고, 배가 닿는 곳이면 어디든 페리가 주거 지역으로 향했다. 마치 통근 버스처럼 페

리가 운용되는 모습을 보며 한국도 한강을 따라 페리가 교통 수단으로 추가되면 운치도 있고 참 좋겠다는 생각이 들었다. 아마도 서울과 경기도는 지하철이 충분해서 수지타산이 안 맞겠지만.

아무 생각 없이 다시 동네를 돌아다니다가 체크인 시간이 되어 숙소에서 빨래를 하며 쉬었다. 저녁으로는 뭘 챙겨 먹어야 좋을지 고민하다가, 미술관 근처에서 보았던 '글로벌 푸드 Global Food'라고 적힌 상점으로 향했다. 아마도 한국 컵라면이 있지 않을까 싶은 생각이었는데 들어가서 살펴보니 과연 라면 코너가 있었다. 불닭볶음면과 신라면, 튀김우동 등의 한국 라면과 이름 모를 다른 컵라면들도 팔고 있었다. 기분이 좋아져서 히죽거리고 있으니 근처에 있던 외국인이 이상하게 쳐다봤다. 그러거나 말거나 신라면 두 개, 튀김우동 한 개를 들고 계산대 앞에 섰다.

봉투가 필요하냐는 물음에 괜찮다고 답을 하는데, 계산하는 직원이 갑자기 웃기 시작했다. 왜 그러나 싶다가 생각해 보니 스스로 느끼기에도 내 표정이 너무 행복해 보이는 것 같았다. 아마 직원 눈에는 내가 딱 봐도 여행 중인 한국인이다 싶었나 보다. 된장찌개나 한우 불고기를 본 것도 아니고 고작 컵라면을 보고 신나 하는 내 표정이 낯설었다.

'이제 내 감정도 다시 표정에 잘 드러나지 않을까?'

다시금 내 마음을 회복하고 싶어서 시작한 여행이었다. 회사에 다닐 때는 감정노동을 하느라 표정을 숨겨야 했다. 퇴사 후 고시 공부를 시작했을 때도 최대한 감정을 배제한 채 공부하는 기계가 되어야 했다. 어느새 잃었던 내 표정들을 이 여행의 끝에 되찾고 싶었기 때문에 더욱, 라면 하나로도 행복해하는 내 표정이 반가웠다.

지금처럼 진솔하게 웃고 우는 마음과 표정이 한국으로 돌아갈 때쯤엔 너무도 당연하다는 생각이 들 정도로 자연스러워지기를 바랐다. 이미 어두워진 밤, 라면 봉지를 들고 다시 숙소를 향해 걸어가는 내 발걸음이 조금은 가벼워졌다.

Chapter III

꿈보다 나를 위한 작은 행복들

덴마크

꿈을 잃어버린 나는 행복합니다

노르웨이에서는 오로라와 피오르를 보겠다는 뚜렷한 목적이 있었지만 오늘 비행기로 이동할 덴마크Danmark는 아무 목적이 없는 여행지였다. 노르웨이까지 온 김에 덴마크를 보는 것일 뿐 그곳에 관한 아무런 정보도 없었다. 그나마 코펜하겐København에 살고 있는 지인을 보기로 약속을 정해뒀었지만 지인의 출장 일정으로 무산되었다. 결국 완벽하게 목적 없이 떠돌아다니게 된 것이다.

노르웨이 베르겐 공항으로 가기 위해 아침 일찍 숙소를 나섰다. 공항 직행 전철을 타고 가며 열차 안에서 마지막으로 노르웨이 사람들의 삶을 눈에 담았다. 전철 내 바쁜 직장인 및 통학하는 학생들, 아는 사람을 만나서 반가운 마음에 수다 꽃을 피우는 동네 주민들까지. 나와 달리 오늘을 보내기 위한 뚜렷한 목적이 있어 보였다.

종점까지 이동하는 동안 꽉 들어찼던 전철에는 어느새 출장 혹은 여행을 위해 공항으로 향하는 사람들만 남았다. 떠나는 무리 사이에서도 나 혼자만 왜 가는지도 모른 채 비행기를 타러 가는 것 같은 기분이었다.

공항에 갈 일이 있을 때마다 여유를 두고 움직이는 편이라 항상 충분한 시간이 남았다. 첫 유럽 여행에서 열차를 잘못 타는 바람에 비행기를 놓친 기억이 있는 탓이다. 그 이후로는 강박이 생긴 것처럼 이륙 한 시간 전까지는 공항 게이트를 통과해야 직성이 풀렸다.

대기 시간을 자연스럽게 받아들이다 보니 공항 카페에 앉아 비행을 기다리는 시간이 좋아졌다. 탑승 수속을 마쳤다는 안도감 속에서 즐기는 잠시의 휴식은 이제 여행의 묘미였다. 마치 북유럽으로 여행을 온 사람답게 휘게를 즐기는 것 같기도 했고 말이다.

공항에서 다른 여행자들을 구경하는 것도 여행의 재미 가운데 하나다. 피곤한 얼굴로 출장 가는 직장인, 함께 떠나는 여행에 행복해하는 커플, 홀로 설렘을 가득 안은 채 커피를 홀짝이는 여행자까지 아침에 전철에서 봤던 사람들과 크게 다르지 않은 사람들이 앉아있다.

한 시간도 안 되는 짧은 비행 끝에 도착한 코펜하겐 공항에서 교통권과 관광지를 묶어서 싸게 이용할 수 있는 코펜하겐 카드를 모바일로 등록하고 지하철을 탔다. 그런데 막상 지하철 입구에서 코펜하겐 카드를 태그했더니 작동이 되지 않았다. 근처 역무원에게 자초지종을 설명했더니 태그 없이 지하철을 이용하다가 역무원이 검표할 때만 보여주면 된단다. 그러면서 좋은 여행 기간 보내라며 활짝 웃는 친절한 역무원 덕분에 덴마크에 대한 첫인상이 좋아졌다.

이곳에서도 노르웨이에서처럼 좋은 경험을 하게 될 거야.

숙소에 짐을 풀고 중심지를 둘러보기 위해 뇌레포트 Nørreport역에 내리는 순간, 이곳이 과연 자전거의 나라인 것

을 경악과 함께 느낄 수 있었다. 광장 한복판에 빽빽이 자전거가 묶여있는 데다가 도로를 따라 달리는 자전거의 양이 자동차 교통량과 다를 바가 없었다. 차도 옆으로 자전거 도로가 따로 있고 자전거용 신호등도 있는 이유를 대번에 알 수 있을 정도로 생각보다 쌩쌩 달렸다.

내 환상 속의 덴마크는 사람들이 여유 있게 하하 호호 웃으며 자전거를 타는 나라였다. 실제는 환상과는 전혀 달랐다. 정신없이 자전거가 다니는 모양이 우리나라 빨리빨리 문화 못지않았다. 노르웨이에서도 느낀 것이지만 북유럽에 휘게 문화가 있다고 해서 절대 삶의 속도가 느린 것은 아니었다.

도시 전체에서 느껴지는 인상은 노르웨이와 조금은 달랐다. 깔끔하던 노르웨이의 도시들과 달리 도시 곳곳이 그래피티로 가득했다. 그 모습으로 유추해 보건대 노르웨이보다는 좀 더 자유분방한 나라일 것이라 느껴졌다. 그리고 다양한 인종이 도시를 돌아다니는 만큼 다양성에 익숙한 도시일 것 같았다. 인종차별 걱정은 덜어도 될 듯했다.

코펜하겐도 노르웨이처럼 어김없이 비가 왔다. 구름에 가려 해가 거의 보이지 않았는데 노르웨이를 시작으로 여행 중 해가 뜨는 날이 드물었다. 북유럽이 10월부터 여행 비수기인 데는 날씨 탓이 크다더니 앞으로도 내일을 빼놓고는 일주일 내내 비 소식이 있었다. 심지어 비가 오지 않는 날 역시 흐린 날이 대부분이었다. 계속 흐린 날을 겪다 보니 왜 북유럽에는 날씨로 우울증을 겪는 사람이 많은지 이해할 수 있을 지경이었다. 시간이 오후 4시 반을 넘어서자, 어김없이 그나마 보이던 해마저 떨어지기 시작했다. 숙소에 짐을 풀고 무작정 거리로 나왔다. 여전히 덴마크에 대한 여행 정보는 딱히 없었다.

발길 닿는 대로 저녁 늦게까지 운영하는 코펜하겐 국립 미술관으로 가서 그림을 감상하기로 했다. 프랑스 야수파 화가인 앙리 마티스Henri Matisse의 그림들이 가득했다. 국립 미술관답게 건물 자체의 규모도 컸고 큐레이터의 손길이 닿은 인테리어나 전시 구성이 마음에 들었다. 하지만 베르겐에 이어 이

틀 연속 미술관에 들러서 그런 것인지 절반도 못 보고는 배가 고파 걸어 나왔다.

덴마크에는 전통 요리가 특별히 없는 걸 아는지라 기대하는 음식도 딱히 없었다. 지인에게 추천받은 피자집에서 피자를 포장해 숙소로 향했다. 아무 목적 없이 꽤 먼 길을 돌고 돌아 다시 무작정 숙소로 걸었던 거리는 오히려 밤이 되자 퇴근한 직장인과 학생들로 가득 붐볐다. 군중 속의 고독을 느끼며 숙소로 돌아왔을 때는 포장한 피자도 이미 식어버렸고 서늘한 호텔 방은 기대했던 모습과는 전혀 달랐으나 오히려 이상하게 마음이 편안했다.

꽤 오래전 스페인 남부에 있는 영국령 지브롤터Gibraltar에서 에어비앤비 숙소에 머물렀을 때가 떠올랐다. 다른 방을 쓰던 포르투갈 여행자와 친해졌는데 그는 나에게 볼 것도 없는 지브롤터까지 굳이 왜 왔는지를 물었다. 나는 한참을 고민하다가 이유를 모르겠다고 답했다. 그러자 그 여행자는 피식 웃더니 "너도 나와 같군." 하고 대답했었다. 당시에는 대수롭지 않게 넘긴 말이었는데 이상하게 그 말이 지금 다시 떠올랐다. 덴마크까지 흘러들어 와있는 이유를 전혀 모르겠다는 생각이 들었다.

회계사, 학자, 국제 비정부 기구 전문가, 인사 전문가, 공인 노무사, 그리고 다시 여행자. 왜 왔는지도 모를 곳에 온 것처럼 아마도 나는 이제 꿈을 잃어버린 사람이 된 듯했다. 그러나 신기하게도 항상 인정받기 위해 강박적으로 가져야 했던 꿈을 내려놓으니 그렇게 마음이 평온할 수가 없었다. 그러니 나는 이런 결론을 내리기로 했다.

'꿈을 잃어버린 나는 행복합니다.'

오로지 나만을 위한 방황들

북유럽에서 정말 흔치 않은 하루 종일 맑은 날이 이어질 예정이었다. 최대한 하루를 전부 활용해서 코펜하겐 교외 지역인 힐레뢰드Hillerød, 헬싱괴르Helsingør를 거쳐 루이지애나 근대미술관Louisiana Museum of Modern Art까지 돌아보고 싶었다. 특히 힐레뢰드 프레데릭스보르 성Frederiksborg Slot이 아름답다는 정보를 입수했기에 유럽식 고성을 좋아하는 나로서는 기대가 컸다.

기차역으로 가는 도중 마주한 덴마크 출근길에는 여전히 자전거가 쌩쌩 지나다녔다. 이틀째 보는 풍경인데도 질서 정연하면서도 빠르게 자전거를 타는 사람들이 적응되지 않았다. 좌회전이나 우회전을 할 때는 손을 들어 수신호로 깜빡이를 넣었다. 그 모습을 한참 신기하게 구경하며 걷다 보니 어느새 중앙역이 보였다.

전철을 타고 힐레뢰드역에 도착해 조금 걸으니 기대했던 대로 아름다운 성이 나타났다. 아직 성 내부 관람 가능 시간이 아닌지라 성 주변에 있는 정원부터 천천히 걸었다. 성만 기대하고 온 곳인데 주변으로 펼쳐져 있는 잘 가꾸어진 공원은 생각지도 못한 선물이었다. 개를 산책시키기 위해 나온 주민과 이른 아침 운동을 나온 사람들을 제외하면 사람도 거의 보이지 않았다. 해가 프레데릭스보르 성의 청색 지붕을 쨍하게 비추었고, 정원 어디를 거닐어도 성과 어우러졌다. 거의 전세를 내다시피 하고 호수와 아름다운 자연을 즐기다 보니, 성의 주

인이라도 된 것 같았다.

성 내부를 관람할 수 있는 시간이 되어 천천히 그쪽으로 향했다. 외관 못지않게 내부 역시 들어서자마자부터 인상적이었다. 스페인 그라나다Granada의 메스키타Mezquita가 연상되는 1층 로비 디자인은 스페인 아스토르가Astorga의 가우디 건축물인 주교 궁에서도 본 적이 있는 양식이었다.

각층 여기저기에 세련된 조각 및 역사적 상징들이 널려있었다. 특히 화려한 예배당과 과하지 않게 멋을 부린 방들은 유럽 여행을 꽤 많이 다녀 성을 많이 보았음에도 특별하게 느껴졌다. 시간이 충분하다면 힐뢰레드를 다시 방문하고 싶어질

정도였다. 그러나 해가 지기 전 최대한 많은 곳을 돌아다니기로 한 계획 때문에 아쉽지만 다시 기차역으로 향했다.

힐레뢰드에서 다시 기차로 50분가량 이동한 헬싱괴르에는 '햄릿Hamlet의 성'으로 유명한 크론보르 성Kronborg Slot이 있었다. 윌리엄 셰익스피어William Shakespeare의 작중 인물일 뿐인 햄릿이 실제로 산 것도 아닌데 왜 이곳이 햄릿의 성인가 하면, 『햄릿』에 등장하는 엘시노어 성Elsinore Castle이 바로 크론보르 성을 모델로 삼은 것으로 추측되기 때문이다. 하지만 실제로 셰익스피어가 이 성을 방문했는지 아닌지는 전혀 알려지지 않았다고 한다.

비슷하게 유명 문학가와 관련이 있는 곳으로는 스위스의 '시옹 성Chateau de Chillon'이 있다. 이곳은 영국의 시인 조지 고든 바이런George Gordon Byron이 「시옹성의 죄수」라는 시를 지었기 때문에 직접적으로 관련이 있다고 생각한다. 하지만 크론보르 성의 경우 셰익스피어가 참고했을 거라는 추측만 난무할 뿐이다.

프레데릭스보르 성의 인상이 너무 강렬했던 나머지 셰익스피어의 의미를 빼고 본다면 크론보르 성은 내부보다는 외측 바다가 더 눈에 들어왔다. 오랜만에 바다 깊이까지 햇빛이 파고드는 느낌을 받을 수 있을 정도로 맑은 바다를 감상할 수 있었다. 바닷바람이 너무 강해서 거의 외투를 머리까지 뒤집어

쓰고 구경해야 했지만 말이다.

헬싱괴르를 거쳐 루이지애나 근대미술관에 도착했을 때는 해 질 무렵까지 얼마 남지 않은 시점이었다. 이곳은 사실 외관을 보자마자 조금 당황했다. 한국에 있는 지인들이 덴마크로 여행을 가게 되면 가장 가고 싶은 곳으로 꼽던 곳인데 생각보다 입구가 소박했던 탓이었다. 그러나 지하 공간을 포함한 내부는 규모가 컸다. 졸지에 3일 연속으로 미술관을 구경하게 되었으나 당황이 감탄으로 바뀌기까지는 긴 시간이 필요하지 않았다.

개인적으로 어렵게 생각했던 팝 아트를 쉽게 풀어내는 전시와, 외부 정원에 정갈하게 쌓인 낙엽까지 전시라고 생각될 정도로 분위기 있는 풍경에 나는 사진을 찍기 바빴다. 특히 어두워지며 조명이 켜진 후의 루이지애나 근대미술관은 오히려 낮에 왔다면 아쉬웠을 정도로 우아한 매력을 드러냈다.

결국 완전히 캄캄해지고서야 다시 코펜하겐으로 향했다. 하루 종일 걷고 돌아다닌지라 코펜하겐에 도착할 때쯤은 완전히 녹초가 되었지만, 다행히 이번 숙소는 야경이 아름답다고 들었던 뉘하운Nyhavn과 멀지 않았다. 마지막으로 이곳까지만 가자는 생각으로 뉘하운으로 향했다. 과연 문전성시를 이룬 레스토랑이 운하를 따라 가득 이어져 있었고, 운치 있는 분위기에서 따뜻한 요리로 하루를 마무리할 수 있었다.

한국에서는 이상하게 하루를 목적 없이 방황하면 죄책감

이 들었다. 마치 베르겐에서 코펜하겐으로 넘어오며 전철과 공항에서 보았던 사람들처럼 어디론가 목표를 정하고 움직여야만 가치가 있다는 생각으로 가득했다. 그러다 보니 하루를 온전히 내가 좋아하는 것들로 채우며 방황한다는 것은 대단한 사치였다. 여행에서만 부릴 수 있는 사치인지 모르겠으나 적어도 오늘 하루만큼은 오로지 나만을 위해 기분 좋게 방황할 자유를 선물한 셈이었다.

방황이 찾아낸 천국

해외 출장으로 일정이 어긋나 만나지 못했던 지인에게 그래도 굳이 덴마크의 전통 요리가 있는지 물어보니 오픈샌드위치가 유명하다고 했다. 오전 일찍 숙소 근처에 있는 오픈샌드위치 가게에 가보니, 이 요리는 거창한 것이 아니라 빵 조각 위에 여러 가지 종류의 재료를 올리고 파는 단품 요리였다. 굳이 우리나라에서 비교 대상을 찾자면 김밥 같은 것이었다. 참치김밥도 있고 멸치김밥도 있고 돈가스김밥도 있는 것과 비슷하달까.

오픈샌드위치도 간단히 먹을 수 있는 다양한 재료로 구성되어 있어 그런지 주민들에게 인기가 좋았다. 쪼르르 진열된 샌드위치로 브런치를 즐기는 할아버지부터 학생, 바쁜 직장인, 나 같은 여행자에 이르기까지 다양한 사람들이 그곳을 찾았고 점심시간도 되기 전에 거의 다 팔려나갔다.

아직 방황하고 싶은 마음이 끝나지 않은 모양인지 여전히 어디론가 하루 종일 돌아다니고 싶었다. 그러나 좋아하는 것들로 계획을 가득 채웠던 어제와 달리 오늘은 정해둔 목적지조차 없었다. 코펜하겐 근교에 있는 호텔 정보를 뒤지다가 정말 관광객이라고는 하나도 없을 것 같은 코이에Køge라는 동네가 눈에 들어왔다. 거의 유일하게 있는 한 군데 호텔을 충동적으로 예약하고는 그곳을 목적지로 정했다.

코펜하겐 서남부에 있는 근교 마을 코이에까지는 코펜하

겐 중앙역에서 기차를 타고 40분가량 이동해야 했다. 집값이 비싼 코펜하겐 중심부와 달리 베드타운bed town으로 유명한 곳이라고 했다. 생각 없이 이른 시간부터 길을 나섰다가 보니 아직 숙소 체크인 시간까지는 한참 남아있었다. 동네를 돌아보고 성당을 구경하며 시간을 보냈다.

그러고는 시간이 되어 짐을 숙소에 두려고 찾아갔는데, 벌써 1시 반이 되었는데도 호텔 문이 닫혀있었다. 체크인 시간은 1시부터라고 적혀있었는데 말이다. 지정된 열쇠 수령 장소에도 내 방 열쇠가 없고, 전화도 연결되지 않았다. 당황한 채 있다가 나는 바로 옆에 있는 관광 안내소로 갔다.

관광 안내소 직원분께 자초지종을 설명하며 혹시 호텔이 닫혔을 때 어떻게 연락을 취해야 하는지를 물어보니 호텔 주인에게 본인이 연락을 해주시겠다고 했다. 여전히 전화는 연결되지 않았지만 짐을 대신 보관해 주시겠다고 해서 감사드리며 두고 나왔다. 마침 인터넷으로 잠시 살펴본 정보에 의하면 내가 좋아할 만한 고성이 근처에 있었다. 관광지는 아닌 성이었지만 오히려 평범한 성은 어떤 모습인지 꼭 한번 보고 싶었다. 기차로 다시 20여 분 거리에 있는 발로 성Vallo Slot으로 향했다. 와이파이가 되는 기차에서 미리 찾아둔 앱 경로에만 의지해 휑한 도로를 걸었다.

어렵게 도착한 발로 성은 프레데릭스보르나 크론보르 성과는 다른 양식의 모습이었다. 내부는 아쉽게도 사유지라 들어갈 수 없었지만 말이다. 성 입구 우편함에 적힌 명패를 살펴보니 내부는 사무실로 사용되고 있는 모양이었다. 성 외부 정원은 프레데릭스보르와 마찬가지로 동네 주민들이 산책 코스로 이용하는 듯했다. 내부를 보지 못해 아쉬웠지만 오히려 방황이라는 취지에는 알맞은 일정이었다고 자평했다.

코이에로 돌아가 숙소에 들렀더니 다행히 열쇠 보관함에 내 방 열쇠도 들어가 있었다. 관광 안내소 직원에게 감사를 표하고 짐을 챙겨 숙소에 옮겨두었다. 해가 지기 전까지 시간이 좀 더 넉넉하면 다른 곳을 둘러보겠지만, 일몰 예정 시간까지

는 채 한 시간도 남지 않았다.

작은 동네라 더 구경할 것도 없어서 고민하다 보니 트롬쇠에서처럼 바닷가에서 해를 한 번 더 보고 싶다는 생각이 들었다. 걸음을 서두르면 노을을 볼 수 있을 듯했다. 문제는 관광객이 없는 동네인 탓에 노을을 보기 좋은 곳이 어디인지 조언을 구하기 쉽지 않다는 것이었다.

관광 안내소마저 영업 시간이 지나 이제 아무도 없었고 발길이 닿는 대로 우선 코이에와 가장 가까운 방파제로 향하기로 했다. 걸어갈 수 있는 거리로 보였고 말이다. 아침의 오픈샌드위치 가게부터 지금 노을을 보기 위해 이동하는 코이에 방파제까지 그저 즉흥적으로 하루 종일 발길 닿는 대로 걸었다. 마치 요즘의 내 인생 같다는 생각이 들었다.

'고시생 자아와 이별한 나는 이제 어디로 가게 될까?'
'혹시라도 시험에 붙어서 공인 노무사가 되나?'
'작가는 될 수 있을까? 다시 회사원으로 돌아가야 하나?'

아무 계획이 없던 탓인지 잡생각이 끊임없이 올라왔다. 생각을 흩어버릴 겸 거의 30분 가까이 발길 닿는 대로 코이에 바다 끝에 있는 방파제에 도착했는데 놀랍게도 공사 중이었다. 무슨 공사가 진행되는지 알 수 없었고 타워크레인과 공사용 컨테이너만 가득한 풍경이었다. 노을이라도 잘 보이면 나쁘지 않았겠으나 아무 생각 없이 걸었던 바다가 우리나라로 따지면 동해인 셈이었다. 당연히 바다로 노을이 지는 것을 볼 수 있을 리 없었다. 관광객은커녕 주민도 한 명 보이지 않는 휑한 장소였다. 허탈감에 웃음이 나왔다. 조금만 생각해도 예측할 수 있었을 상황인데 그렇게나 방황에 심취해 있었나 싶었다.

이제 노을은커녕 아예 어둠이 뒤덮어 오는 거리를 터덜터덜 걸었다. 다시 코이에 방향으로 바다를 등지고 돌아 나오는 길에 갑자기 브라운슈타인Braunstein이라는 덴마크 전통 브랜드의 맥주 양조장이 나타났다. 그리고 그 옆에는 양조장에서

운영하는 펍까지 있었다. 기분 좋은 기시감이 느껴졌다. 트롬쇠의 바다가 그리워 무작정 걸었던 결과 트롬쇠의 전통 맥주 '맥' 양조장과 유사한 곳이 나온 것이다.

분명 급한 마음으로 방파제로 향할 때는 보지 못했던 곳인데 포기하고 돌아오는 길에 운명처럼 눈에 띄었다. 설레는 마음으로 펍을 열고 들어가니 코이에 주민들이 이곳에 모두 모인 게 아닌가 싶을 만큼 사람들이 펍에 가득 들어차 시끌벅적하게 즐기고 있었다. 계획하지 않았던 것들만 즉흥적으로 시도했던 탓에 마음처럼 되는 것이 별로 없어서 아쉬웠던 마음이 여기에서 풀어졌다.

그저 발이 닿는 대로 걷고 지쳐서 어디든 들어가고 싶어지던 순간 예상치도 못한 즐거움이 찾아왔다. 이게 정말 인생이라는 생각이 들었다. 사람은 원하는 꿈대로만 인생을 설계할 수도 없고 그런 인생은 재미도 없다. 가끔 파도에 저항하기보다 눈을 감고 나에게 주어진 흐름을 받아들이면 둥둥 떠내려가는 법을 배우게 되었다.

그러다 다시 눈을 뜨면 어느새 앞에 내가 걸어갈 만한 길이 펼쳐진다. 내 인생의 새로운 목표는 나를 알아가며 그저 앞에 놓인 길을 충실히 걸어 나가는 것이라는 생각이 들었다. 그러다 보면 충실히 산 보답처럼 새롭게 주어지는 것들이 있고, 다시 새로운 길을 걸으면 되니까 말이다. 그게 이 여행에서 내가 정의해 가고 있는 행복이었다.

덴마크 사람들이 금요일 저녁을 왁자지껄하게 보내고 있는 이 펍에도 다양한 사람들이 있었다. 외로운 할아버지부터 카드 게임을 하는 학생, 퇴근 후 한잔하러 온 직장 동료들, 그리고 나처럼 혼자만의 시간을 즐기는 사람들까지. 복지국가라며 동경했던 노르웨이나 덴마크 어디든 사람 사는 곳은 비슷하다는 생각이 들었다. 그리고 더 이상 누군가를 부러워하거나 맞지 않는 것을 추구하며 괴로워하기보다 앞에 놓은 길만 바라보며 충실히 가겠다고 다짐했다.

그새 해는 저물었고 기분 좋은 술기운이 올라왔다. 코펜하겐 근교 코이에에서 어딘가로 흘러가고 있는, 심지어 의외로 잘 흘러가고 있는 나를 발견했다. 관광객이 올 리 없는 이곳에서는 아무도 나를 관광객으로 보지 않았다. 마주치는 사람마다 당연하다는 듯 덴마크어로 나에게 인사를 건넸다. 오늘만큼은 나는 완전히 이곳에 녹아든 코이에 사람이었다.

왕을 위해 충성한 기사들의 꿈은 무덤입니다

다음 방황 장소인 로스킬레Roskilde로 향했다. 이곳은 유네스코 문화유산인 로스킬레 대성당Roskilde Cathedral이 위치한 곳이다. 특히 성당 내부에 덴마크 역대 왕들의 무덤이 다수 있는 것이 특징이다. 도시 자체도 꽤 유명하다. 유럽에서 가장 큰 5대 록 페스티벌 중 하나인 로스킬레 페스티벌이 열리기 때문이다.

기차역에서 내려 대성당 쪽으로 걸어가니 시청 구청사 건물이 먼저 반겨주었다. 큰 광장을 앞에 두고 서있는 시청은 대성당과 함께 로스킬레의 랜드마크였다. 그리고 그 옆으로 로스킬레 대성당이 나타났다. 꽤 높아서 건물 전체를 사진으로 담기 쉽지 않았다. 내부도 외관만큼이나 컸는데 금장식이나 파이프 오르간, 종교적 스토리가 조각된 제단까지 유럽의 여느 성당 못지않게 화려한 성당이었다.

하지만 역시 이곳의 가장 큰 특징은 덴마크 역대 왕들의 무덤이 있다는 것. 돌아보는 곳마다 무덤이 있다고 해도 될 정도로 많은 무덤이 있었고, 심지어 지하에도 빼곡히 역대 왕들의 관이 안치되어 있었다. 왕족의 관 중 가장 눈에 띄었던 것은 크리스티안 3세Christian Ⅲ와 도로테아Dorothea의 무덤이었다. 설명에 의하면 크리스티안 3세는 당시 노르웨이와 아이슬란드의 국왕을 겸한 왕이었다.

루터교를 적극 수용하고 가톨릭과의 내전에서 승리한 이후 종교개혁을 시행한 장본인이다. 그래서인지 덴마크에서 크리스티안 3세는 루터교의 국부로 대우를 받고, 도로테아도 추앙받는 모양이었다. 실제로 관광객 중 크리스티안 3세의 관 앞

에서 기도하는 사람들이 아직도 많았다.

화려한 것은 당연히 왕들의 무덤이었지만, 가장 인상적으로 기억에 남은 것은 오히려 기사들의 무덤이었다. 특히 지하에는 나라에 큰 공을 세운 기사나 귀족들의 관이 있었다. 양각 음각으로 멋지게 조각된 왕족의 무덤에 비해 초라한 모습인 데다 묘지명만 남아있는 경우도 있었다. 그럼에도 기사나 귀족이 왕족들의 안식처인 로스킬레 대성당에 사후 안치됨은 대단한 특혜이자 명예였으리라는 것을 추측할 수 있었다.

한편으로는 씁쓸하기 그지없었다. 로스킬레 대성당은 덴마크 왕실을 위한 일종의 선산 혹은 가족 추모 공원이라고 봐도 무방했다. 그런 곳의 지하에나마 공로를 인정받아 묻히는 게 당시 기사들의 대단한 명예였다니. 화려한 왕족의 발아래 뚜렷이 비교될 만큼 초라한 모습으로 묻히는 것이 말이다.

물론 신분제가 폐지되었음에도 아직 끝난 역사는 아니다. 회사 혹은 오너를 위해 평생을 자진해서 헌신하는 것을 명예로운 일이라 생각하게 만드는 식의 패러다임은 여전히 남아있다. 현대판 로스킬레 대성당이라고 할 수 있다. 왕족들의 무덤 지하에 아직도 직장인의 꿈이 있었다. 평생 헌신한 보답으로 어떻게든 임원이 되어 잠시 별이 되었다가 퇴사하는 것. 명패를 하나 만들었다가 퇴사하며 묘비명처럼 들고 가는 것.

나는 그 모습을 자녀로서 바라보았었다. 평생을 직장에 헌신하고 고졸이라는 유리천장을 뚫고 올라간 끝에 대기업 임원이 되신 아버지. 그리고 그 결과 건강을 해쳐 과로로 의식불명 상태가 되셨던 아버지. 그리고 오로지 회복이 가능한 상태인지만 판단하려 들던 회사. 3년 반이나 누워계시는 동안 당연하게도 회사는 아버지의 그간의 헌신에 보답하지 않았다. 항상 회사를 자랑스럽게 생각하던 아버지가 안타깝게 느껴졌다.

로스킬레 대성당과 왕족들의 화려한 관, 그리고 헌신한 대가로 지하에나마 초라하게 자리를 받는 기사의 이야기는 절대 아직 끝나지 않았다. 부디 많은 직장인들이 회사에 충성한 보답을 바라기보다 차라리 언젠가는 독립할 능력을 갖추게 되기를 바랐다.

성당 밖으로 나오니 길에 신기하게도 조가비 표시가 있었다. 스페인 산티아고 순례길에서 보았던 순례자의 상징, 조가비. 반가우면서도 무거운 생각이 들었다. 나는 과연 남은 삶을 로스킬레 대성당을 벗어나서 살아갈 수 있을지 말이다. 고달프고 힘들지언정 조가비를 가방에 걸고 하루하루를 충실히 걸어갈 힘을 달라고 기도했다. 로스킬레역 앞에 있는 공동묘지를 잠시 둘러보는 것을 마지막으로 다시 코펜하겐행 기차에 올랐다. 내 눈에는 오히려 일반인들의 공동묘지가 더 명예롭고 편안해 보였다.

자유롭고 싶었던 히피들은 스스로를 가두었습니다

그동안 미뤄두었던 코펜하겐 방문을 해 쉴 새 없이 돌아다녔다. 합리적 가격에 교통권과 관광지 경비용으로 겸용할 수 있는 코펜하겐 카드의 효용성을 최대한 높이기 위함이었다. 특히 코펜하겐 카드가 있으면 코펜하겐과 근교의 유명 관광지 관람 비용까지 포함되기 때문에 필수라고 할 수 있었다. 오늘 같이 날씨가 좋은 날, 제대로 한번 관광에 시간을 투자해 보자고 마음먹었다.

우선 어쩌면 코펜하겐에서 가장 유명하다 할 수 있는 로젠보르크 성Rosenborg Slot으로 갔다. 언제 날씨가 다시 흐려질지 모르니 최대한 즐기고 누려야 했다. 다들 비슷한 생각이었는지 이미 성 앞 입장 대기 줄이 꽤나 길었다.

성 내부는 화려하고 우아했다. 그리고 지하 저장고에는 하나하나가 보물 취급을 받을 만한 빈티지 와인이 저장된 셀러

가 있었고 유물들이 있었다. 하지만 역시 로젠보르크 성의 압권은 내부보다는 외부였다.

성을 둘러싼 공원은 코펜하겐 주민들이 즐겨 찾는 휴식처였고 건물과 자연의 조화가 아름다웠다. 모처럼 맑은 날씨를 즐기는 주민과 관광객들이 로젠보르크 성을 두고 함께 어우러졌다. 나는 로젠보르크 성을 등지고 아말리엔보르 성Amalienborg Slot으로 걸었다. 가는 도중에 정보가 별로 없어서 기대를 거의 하지 않았던 프레데릭 교회Frederiks Kirke를 마주했다.

HERRENS·ORD·BLIVER·EVINDELIG

기대를 하지 않아서였을까. 의외로 감동해서 넋을 놓았다. 외부도 화려하지만 내부에 들어서는 순간 장엄하면서도 담백한 종교적 상징들이 내 눈과 마음에 들어왔다. 짧은 감상 후 다시 돌아 나와서 직진하니 아말리엔보르 성에 도착했다. 뒤로 돌아보니 프레데릭 교회가 바로 근처에 있었다. 아마 왕족들이 종교와 밀접한 관련성을 가지고 있었을 것이라고 생각했다. 신앙심을 유지하기 위해 성과 교회를 가까운 곳에 두었을 것이다.

아말리엔보르 성을 거쳐 뉘하운으로 향했다. 며칠 전에는 밤에 들렀던 터라 낮에 한 번 더 보고 싶었다. 맑은 날의 뉘하운은 정말 아름다웠고 어둡고 축축한 날의 뉘하운과는 그 모습이 전혀 달랐다. 수로로 유람용 보트가 오가고 유서 깊은 건물들이 수로를 따라 늘어서 있었다. 관광객과 주민들은 때 이른 크리스마스 분위기를 즐기는 중이었다. 나는 이제야 뉘하운을 제대로 보았다고 주변에 말할 수 있을 것 같았다. 뉘하운 수로를 따라 보르센Børsen과 크리스티안보르 성Christiansborg Slot으로 향했다. 그런데 보르센과 크리스티안보르 성을 다시 열심히 돌아다니다가 갑자기 의욕 상실이 왔다.

한국에 관광을 온 외국인이 경복궁, 창덕궁, 덕수궁 등 한국의 모든 궁을 구경하느라 시간을 모두 쓰고 돌아갔다고 하면 무슨 생각이 들까. '그 시간에 차라리 낙산공원에 가서 노을을 보거나 한강에서 치맥을 먹지 왜 그랬을까?' 나라면 이렇게 생각할 것 같았다.

순간 바삐 움직이던 걸음을 멈췄다. 내가 코펜하겐에서 가보지 않는다면 후회할 만한 곳은 어디일까. 프리타운 크리스티아니아Fristaden Christiania에 생각이 미쳤다. 크리스티아니아는 1971년 덴마크 정부로부터 자치권을 인정받은 히피 주거지역이다. 히피 운동가들과 아나키스트들이 모여서 만든 공동체로, 덴마크 히피 투쟁의 역사 그 자체라고 했다. 문득 극단적 자유주의를 표방한 사람들의 삶은 어떨지 궁금해졌다. 이곳의 존재를 지인에게 들었을 때는 편견과 안전 문제 때문에 굳이

가볼 생각은 하지 않았었는데 갑자기 눈으로 보고 싶어졌다.

크리스티안보르 성을 나와 보르센을 지나쳐 강을 따라 걷다 보니 큰 다리가 하나 나왔고, 건너자마자 표정과 복장이 자유로워 보이는 사람들이 눈에 들어오기 시작했다. '우리들의 구세주Our Savior'라는 이름의 나선형 첨탑이 멋진 교회가 크리스티아니아의 등대처럼 보였다. 이곳에 들어가 보고 싶었지만, 방문객은 본당에 들어갈 수 없었고 첨탑은 미리 사전 예약을 거쳐야 했다.

긴장감을 가지고 천천히 크리스티아니아 입구로 들어섰다. 의외로 관광객이 많았고 총인구 900명의 크리스티아니아

사람도 곳곳에 있었다. 입구를 제외하면 사진이 엄격히 금지되는 지역이라 곳곳에 카메라를 금지하는 표시가 붙어있었다.

혼자 여행을 다니는 것을 좋아하지만 이곳은 정말 무서웠다. 무서워서 다른 관광객들 뒤에 붙어 일행인 척 걷다가 트롬쇠 보트 투어에서처럼 다시 당당한 모습을 연기하기 시작했다. 우선 여유로운 표정으로 외투를 꽉 잠그고 소지품을 주머니에 넣은 다음 공손히 손을 모았다. 왜냐하면 절도에 대비하기 위해 팔로 주머니를 꾹 눌러야 하니까. 그야말로 영락없는 당당한 여행자의 자태였다.

걷다 보니 여기저기서 꿉꿉한 풀 향이 나기 시작했는데, 짐작건대 마리화나 향일 것으로 생각되었다. 아예 대놓고 마리화나 가판대도 있었다. 자꾸 마리화나를 사라고 호객하며 몇몇이 불러 세웠지만 나는 불안함을 감추고 여유로운 표정으로 씩 웃으며 "No."를 외쳤다. 혹여 건방지게 보일까 봐 여전히 손은 공손히 가운데로 모으고 걸었다.

골목 구석구석 마리화나에 찌들어 있는 사람들이 보였다. 관광객들도 마리화나를 살 목적인 사람들이 꽤 있는지 장사가 잘되었다. 마리화나만 파는 게 아니라 옷 가게와 그림 가게, 레스토랑과 펍도 있었다. 관광객들이 주 고객이었고, 건물 깊숙이는 역시 마리화나에 찌든 사람들이 보였다. 그림의 주 소재는 약에 찌든 사람의 시각으로 보이는 풍경인지 이리저리 소용돌이치는 그림이 대부분이었다.

다 무너져 가는 집에서 대화 소리와 개 짖는 소리, 텔레비전 소리가 들려왔다. 개들은 모두 비쩍 말랐고, 폐건물 벽에는 자동차를 거꾸로 매달아 두어서 바람에 따라 녹슨 자동차가 흔들렸다. 여기저기서 풍겨 오는 마리화나로 추정되는 냄새가 지독해서 헛구역질이 나왔다.

다시 관광객들을 따라 출구로 향했다. 이제 크리스티아니아로 진입하는 관광객들의 눈에는 호기심이 가득했다. 글쎄, 내가 본 크리스티아니아는 마리화나와 술을 사주는 관광객으로만 돌아가는 이미 망해버린 히피 공동체였다. 극단적 자유주의를 추구한 히피 공동체의 결말이 스스로 도시 한복판에 갇힌 채 찌들어 가는 것이라니, 너무도 실망스러웠다. 마리화나 냄새로 머리가 계속 아팠다. 출구 밖으로 걷다 보니 다시 우리들의 구세주 교회가 상징처럼 툭 튀어나왔다. 부디, 이 사람들을 각자의 믿음대로 구원하기를 바랐다.

크리스티아니아에도 간혹 여전히 눈이 빛나는 사람들이 있었다. 그리고 어쩌면 내가 관광지로 유명한 중심부만 보아서 섣부른 편견이 생긴 것일지도 모른다는 생각이 들었다.

그래서 며칠 후 다시 크리스티아니아 외곽으로 향했다. 크리스티아니아가 다시 가까워질수록 다시 긴장되는 마음을 통제하기 힘들었다. 불안한 마음을 안고 경계를 따라 걷는데 의외로 멀쩡한 사람들이 크리스티아니아를 오갔다. 코펜하겐과 경계가 맞닿아 있는 히피 주거지는 생각보다 조용했다. 제대

로 찾아왔다 싶었다. 이곳이라면 히피들의 자연스러운 모습을 알 수 있지 않을까 기대했다.

과연 영화에서 보던 히피 스타일의 사람들이 까르르 웃으며 폐건물에서 나와, 자전거를 타고 코펜하겐으로 출근하고 있었다. 심지어 마을 경계에 세워둔 차를 몰고 어딘가로 향하기도 했다. 길에서 폐건물 창문을 향해 친구를 부르는 사람, 행복한 웃음으로 자전거 뒷자리에 연인을 태우고 크리스티아니아를 유유히 돌아다니는 사람도 있었다.

그러니까 저번에 본 좋지 않은 모습도 크리스티아니아의

모습이 맞겠지만 역시 자기들만의 세상이 있는 것은 확실해 보였다. 그렇지 않으면 저런 웃음이 지어질 리가 없지 않은가? 자세히 보니 강변에 요트를 묶어놓고 차와 자전거도 세워두었으며 강에는 수구를 할 수 있는 체육 시설도 있었다.

갑자기 그르릉 소리가 나면서 크리스티아니아의 문이 열리더니 차가 한 대 나갔다. 핸콕Hancock이라는 맥주 브랜드의 양조장이 크리스티아니아에도 있는 모양이었다. 코펜하겐과 히피 자치구는 나름 공생하면서 굴러가고 있는 모양이었다.

나는 경험을 일반화하여 남에게 무언가를 설명하기를 꺼리는 편이다. 사실 안 그런다는 게 아니라 하고 나서 반성하는 편이지만 말이다. 그런 의미에서 반대로 나에게 일반화해서 이야기하는 사람을 경계하기도 한다. 예를 들어 몇 년 전, 누가 나에게 산티아고 순례를 해보니 어떤 느낌이었는지 물어본 적이 있다. 느꼈던 것들을 이야기했더니 "아! 뭐, 내가 히말라야에 가서 느낀 거랑 비슷하네. 산티아고는 안 가도 되겠다." 하고는 자기 경험을 척도로 타인의 경험을 일반화해 버렸다.

이외에도 자신의 여행 경험이 많음을 뽐내며 총 몇 개국을 가봤는지를 척도로 남보다 우위에 서려는 사람도 있고 말이다. 삶에서도 종교, 취업, 결혼, 재테크 등등 분야를 넓히면 비슷하게 구는 사람이 참 많다. 그런 사람을 보면 나와는 서로 결이 맞지 않는 사람이라 생각해 더 대화를 이어나가지 않는다.

그런데 첫눈에 크리스티아니아를 함부로 판단했던 나의 모습이 그랬을지도 모르겠다. 나쁜 면만 보고 진짜 히피들을 성급히 판단해 버렸을지도 모른다. 한 시간 반의 짧은 산책이었지만 히피 타운의 다른 가능성을 볼 수 있어서 의미 있었다. 일반인의 시선으로 설명하기 힘든, 무언가를 지키고 싶었던 히피들의 마음을 조금은 알 것 같았다.

자유를 추구하던 사람들이 스스로 갇혀버린 것은 맞았다. 하지만 그중 누군가는 관광객들을 상대로 술과 마리화나를 팔거나 꿉꿉한 향에 찌들어 가고 있었고, 누군가는 자유를 만끽하며 출근도 하고 진정한 히피가 되어가고 있었다. 어쩌면 자유는 스스로를 절제하고 통제할 수 있는 사람에게만 주어지는 축복이라는 생각이 들었다. 그렇지 못한 사람에게는 오히려 독이 되고 말이다.

도둑질과 선물의 차이를 만드는 건 나야

룬데토른Rundetaarn은 코펜하겐 구시가지에 있는 큰 종탑 이름이다. 이곳에 가고 싶었던 이유는 종탑을 오르면 한눈에 코펜하겐 시내가 내려다보일 것이라는 기대가 있었기 때문이다. 한국을 떠나 이국의 땅에서 꽤 오래 홀로 방랑하듯 돌아다니다 보니 내가 다닌 땅이 어떻게 생겼는지 그 전경을 보고 싶었다. 아침부터 약하게 내리던 보슬비가 종탑에 올랐을 때도 여전히 내리고 있었다. 하지만 오히려 안개를 멋지게 만들어 내어 운치 있는 코펜하겐을 볼 수 있게 해주었다.

룬데토른에서 다시 구시가지를 따라 정처 없이 걷다가 큰 루터교 대성당으로 갔는데, 입구에 95개 조 반박문을 들고 있는 루터의 조각상이 인상적이었다. 안으로 들어가려 하니 입구에 앉아있던 사람이 예배 시간이라며 입장을 막으며 30분 정도 후에 오라고 했다.

노르웨이 트롬쇠에서도 마찬가지였지만 북유럽 국가에서 항상 느끼는 바가 있었다. 신·구교 종교전쟁을 겪은 국가들이라 그런지 가톨릭 성당이냐고 물어보면 정색을 한다. 건물의 영어 명칭이 'Church'가 아닌 'Cathedral'이기에 성당인가 싶어서 질문했더니 이번에도 그렇게 반응하기에, 나는 다시 "프로테스탄트Protestant?" 하고 되물었다. 개신교 성당이냐는 뜻인데, 그렇다는 대답이 돌아오자 엄지손가락을 급하게 펴서 보여드렸다. 바로 돌아오는 따뜻한 미소는 30분 후 편안한 관람을 약속하는 무언의 시그널이었다.

30분 후, 예상대로 다시 따뜻한 미소를 마주하며 들어간 성당 내부는 소박한 외관과는 달리 꽤나 인상적이었다. 프로테스탄트 성당인데도 내부에 예수님 조각상이 있었다. 무슨 말이냐면, 보통 개신교에서는 조각상을 우상숭배로 생각해서 십자가만 두는 경우가 많다. 그런데 예수님 조각상이라니 드문 일이었다. 그뿐만 아니라 곳곳에 사도들apostles의 조각상도 쉽게 발견할 수 있었다.

요즘 종교와 적당한 거리를 두고 있었는데 오늘은 무슨 바람이 들어서인지 오랜만에 기도하고 싶어졌다. 성당 내부가 유독 신비로워서 그런지 성당 2층 의자에 홀로 앉아 지나온 삶에서 마음에 걸렸던 사건들을 구구절절 고백했다. 한편으로는 내 종교가 천주교인지 개신교인지 여전히 정체성 혼란이 있었지만 사실 별로 중요하지 않다는 생각이 들었다. 해외여행을 다니며 여러 성당이나 교회들을 방문할 때마다 느끼는 감정이었다.

서부와 중부유럽에서는 천주교가 대세이고 북유럽에서는 루터파 신교가 문화적으로 우위에 있다. 그저 인간 각자의 시각으로 시스템을 만들고 서로 싸워왔다는 깨달음으로, 나는 둘 중 어느 곳이든 마음 내키는 대로 갔다. 특정한 공간이 아니라 내 마음 안에서 기도하며 평온을 얻은 지 오래되었다. 그래서인지 나의 스스로를 돌아보고 들여다보는 습관은 종교의 영향을 확실히 많이 받았고, 성찰하며 기도하고 나면 마음이 개

운해졌다.

교회에서 나와서 늦지 않게 기차를 타고는 헬싱괴르로 다시 향했다. 루이지애나 근대미술관을 갈 때 들렀던 덴마크 헬싱괴르는 스웨덴 헬싱보리Helsingborg와 배로 불과 30분 거리에 불과하기 때문에 페리 요충지이다. 수십 분 간격으로 배가 한 대씩 두 도시를 오가기에 다른 나라이지만 하나의 통근 문화권으로 연결되어 있다. 헬싱괴르 기차역과 연결된 페리 선착장으로 가서 스웨덴 헬싱보리행 페리 표를 발권했다.

페리 터미널에서 탑승 줄에 서있는데, 같이 서있던 스웨덴 할머니와 동선이 겹쳐서 누가 먼저 줄을 섰는지 애매해졌다. 먼저 가시라고 “You are first.” 하며 고개를 숙였다. 보통 유럽 문화권에서 상대방을 배려할 때 사용하는 표현이다. 누군가는 양보해야 하는 상황이었으니까 한 것뿐인데, “Oh, Gentleman!” 하며 좋아하셨다. 확실히 유럽 어르신들께는 무조건 먹히는 매너다. 바로 여행을 왔냐는 둥 어디서 왔냐는 둥 이것저것 물어보며 친절하게 대해주셨다.

고속 페리라 그런지 정말로 30분 정도밖에 지나지 않았는데 벌써 바다를 건너 스웨덴 땅인 헬싱보리에 도착했다. 헬싱보리는 사실 아무런 기대를 하지 않고 온 스웨덴 도시였다. 그저 코펜하겐 근처에만 있기 답답할 듯해서 포함시킨 1박 여정이었다. 그런데 멋진 시청을 보는 순간 나와 결이 맞는 여행지라는 느낌이 팍팍 오기 시작했다.

예약한 호텔로 가는 길을 ‘테라스 스테어스Terrace Stairs’로 불리는 계단식 테라스와 ‘카르난Karnan’이라 불리는 탑이 반겼다. 그저 해협을 잠시 건넜을 뿐인데도 스웨덴 느낌 가득이었다. 계단식 테라스 옆에 위치한 호텔은 세련되었고 스웨덴 사람 특유의 깔끔하고 지적인 느낌을 풍기는 종업원은 친절했다. 안경과 모던한 제복이 호텔의 콘셉트인 듯했는데, 호텔의 전체적인 분위기와 너무 잘 어울렸고 종업원이 설명도 밝은 미소로 대해주어서 나까지 기분이 좋아졌다. 배낭을 보더니

세계 여행을 다니는 중인지를 묻고는 더욱 세심하게 배려하려 노력하는 마음이 인상적이었다. 내가 북유럽을 여행하며 묵은 호텔 중 가장 세련되고 친절한 호텔이라고 하자, 심지어 룸 업그레이드까지 무료로 해주었다.

기대하지도 않았던 좋은 방을 배정받은지라 호텔에서 잠시 뒹굴뒹굴하다가 저녁으로 무엇을 먹을지 고민했다. 열심히 인터넷으로 검색해 보다가 구글 평점으로 헬싱보리 최고의 길거리 음식이라는 핫도그와 페이스트리를 사서 먹기로 결론 내렸다.

카르난 탑 뒤에 위치한 길거리 핫도그집으로 가서 주인에게, 내가 듣기로 당신이 이 지역 최고의 요리사라기에 왔으니 메뉴를 좀 추천해 달라고 했다. 구글 평점이 동네 최고의 맛집임을 보증했으니 거짓말을 한 것은 아니지 않은가? 가게 주인이 함박웃음을 지으며 입이 귀에 걸리더니 가장 큰 소시지를 골라 감자 퓌레, 양파 토핑을 잔뜩 얹어서 내어주었다.

가게 옆 벤치에 앉아서 한 입 무는데, 남루한 차림새의 할아버지가 옆자리에 합석했다. 처음에는 행색 때문에 노숙자인가 싶어서 당황했는데, 한편으로는 노숙자면 또 어떠랴 싶어 굳이 내색하지 않고는 인사를 했다. 나는 한국에서 온 여행자라고 통성명하며 잠깐의 대화를 나누고는 음식에 집중했다. 그러고는 서로 맛이 어떤지 이야기하는 것으로 자리를 마무리하고는 일어서는데, 이 할아버지가 자기가 먹은 그릇도 좀 버려달라는 부탁을 했다.

조금 황당해서 무슨 상황인가 싶다가도, 못 할 것은 또 뭐 있나 싶었다. 한국은 어른을 공경하는 동방예의지국이니까 쿨하게 "Ok. Why not?"을 외치며 그릇을 대신 버려드렸다. 미슐랭 레스토랑이나 파인 다이닝도 물론 훌륭하지만 나는 길거리 음식도 참 좋았다. 현지인들이 즐기는 음식인 덕분에 처음 보는 스웨덴 할아버지와 잠시 대화도 나눌 수 있지 않았나?

후식도 먹어야지 싶어서 마찬가지로 구글 평점으로 지역

최고의 빵집이라는 인근 페이스트리 가게로 이동했다. 케이크 하나와 페이스트리 두 개를 사서 포장하려는데 방금 같이 핫도그를 먹었던 할아버지가 문을 열고 등장했다. 점원과 인사를 나누는 모양이 단골인 듯했다. 포장을 기다리는 동안 내가 반갑게 인사하며 우리 두 번 마주쳤으니 한국식으로 따지면 이제 친구가 되는 거라고 말했다. 그랬더니 그가 싱긋 웃었다. 나는 나이가 들어서도 표정이 순수한 사람은 살아온 삶이 보여서 항상 좋았다.

그런데 내 페이스트리를 포장하고 가게를 나섰는데 문제가 생겼다. 카드 결제 문자가 연달아 와서 확인하니, 결제가 취소되어 있다. 다시 가게로 들어가서 확인해 보라고 했더니 자기들끼리 난리가 났다. 선배 직원이 신입 직원을 한심하다는 듯 바라보고, 업무 프로세스를 다시 한번 시연해 보라고 확인까지 한다. 그 결과 큰 문제가 없자, 자신들은 제대로 계산했는데 결제 취소가 된 것이 확실하냐고 나에게 물었다.

내가 카드 앱을 열어 취소 처리된 매입 전표를 보여주니 그제야 다시 재결제 처리를 하고는 고맙다고 인사했다. 흐뭇한 마음으로 숙소에 다시 들어가려는 찰나, 다시 결제 취소 문자가 날아왔다. 환장할 것 같았다. 아예 공짜로 빵을 날름 먹어버려도 모를 사람들이었다. 나는 잠깐의 유혹을 이겨낸 후, 은행을 찾아 들어가 이번에는 현금 200크로나Krona를 뽑아 들고 다시 가게를 찾아갔다. 페이스트리 값이 130크로나 정도 했으니 나머지를 현금으로 거슬러 받으면 충분하겠다 싶었다.

가게에 다시 온 나를 확인하고 놀라는 직원들에게 현금을 내밀면서 말했다. 다시 카드 결제 취소가 되었으니 받아달라고. 맛있는 음식을 도둑처럼 꺼림칙하게 먹느냐 제값을 치르고 행복하게 먹느냐의 문제였다.

그런데 이번에는 현금 잔돈이 없어서 돈을 못 받는다며 그냥 페이스트리를 선물로 준 셈 칠 테니 신경 쓰지 말란다. 그러면서 두 종업원이 나에게 어디에서 온 여행자인지 물어보았는데, 한국에서 왔다고 대답하니 웃으면서 한국인 지독하단다. 내가 마지못해 같이 웃으면서 선물이라면 고맙게 받겠다고, 이게 한국인의 양심이라고 농담을 하며 나왔다.

자칫 도둑질이 될 뻔한 것이, 기분 좋은 선물로 변하는 순간이었다.

기분 탓인지 숙소로 돌아와 먹는 페이스트리는 더 맛있었고 역시 인터넷 평점은 위대했다. 직원과 손님 간 서로 기분 좋은 실랑이 끝에 선물이 생기는 친절한 가게라니 말이다.

그렇게 저녁을 해결하고는 헬싱보리의 야경을 즐기고 싶어 숙소 주변을 돌아다녔다. 30대 중반의 나이에 한국과는 지구 반대편인 북유럽에서 유유자적 돌아다니는 삶은 한편으로

는 자유로웠고 다른 한편으로는 불안했다. 그럼에도 불구하고 오늘 지킨 내 양심으로 인해 스웨덴 끝자락에 있는 관광지로는 알려지지도 않은 헬싱보리 야경이 더 아름답게 눈과 마음에 들어왔다. 오늘 하루가 내 마음에 거리낌이 없고 행복했다면 우선 그것으로 나에게는 충분했다.

휘게가 무엇인지 몰라 스스로 정의했습니다

헬싱괴르의 바다에서 보는 바다는 장관이었다. 어제와 마찬가지로 페리가 짧은 간격으로 헬싱괴르와 헬싱보리를 오갔다. 이렇게 풍경도 좋고 배가 짧은 간격으로 오간다면 물가 비싼 코펜하겐보다 이곳에서 출퇴근하는 사람들도 있겠다 싶었다. 알아보니 실제로 덴마크에서 회사를 다니며 상대적으로 주거 비용이 저렴한 스웨덴 말뫼Malmo나 헬싱보리에 거주하는 사람이 많다고 했다.

수평선 위로 오가는 페리뿐만 아니라 다양한 헬싱보리의 매력을 해변에서 느낄 수 있었다. 일광욕을 즐기는 사람들도 많은지 목조 선베드가 있었다. 아마 여름에는 주민들로 가득할 것 같은 아름다운 바다였다. 바다로 뛰어들 수 있는 구조물도 있었는데, 11월이면 북유럽 기준으로 겨울임에도 스웨덴 사람들은 자연스럽게 해수욕을 즐겼다. 비바람이 불어 파고가

높은지라 마음이 조금은 어수선했지만, 새삼스레 세상이 좋아졌다 싶었다. 순식간에 지구 반대편으로 날아와 아는 사람도 없는 북유럽 바다 구경을 아침부터 하고 있다니 말이다.

다시 페리를 타고 헬싱괴르를 거쳐 코펜하겐으로 넘어갔다. 이제 여행의 마지막이 다가오고 있었다. 하루 뒤에는 코펜하겐에서 다시 오슬로로 넘어가야 했다. 남은 일정도 마냥 방황하며 흘러가고 싶다는 욕심이 없었던 것은 아니지만 생각을 하기보다 순간을 즐겼던 며칠간의 여행은 여기서 멈추기로 했다. 이제 이 여행의 결론이 내 속에서 형성되었는지를 보아야 했다. 따라서 남은 며칠간은 코펜하겐과 오슬로에서 내 마음 속을 들여다보는 데 충실할 예정이었다.

오슬로도 마찬가지고 코펜하겐처럼 이미 한번 갔던 도시에 다시 가는 이유는 그제야 내가 제대로 그 도시에 스며들 준비가 되기 때문이다. 그리고 동일한 광경을 새로운 마음으로 받아들이는 경험으로 익숙한 것들이 또 다른 깨달음으로 다가오게 될 것이었다.

코펜하겐 뇌레포트역으로 나와 로젠보르크 성의 정원을 넘어 아말리엔보르 성 근처의 호텔로 향했다. 전통 있는 건물을 리모델링 한 멋들어진 궁궐 같은 호텔인데 코펜하겐에서의 마지막 숙박인지라 계획했던 마지막 휘게를 즐기는 날이었다.

'휘게'란 덴마크어로 '편안함' 혹은 '안락함'을 뜻하는 단어라고 한다. 여행 중 가장 좋은 호텔이 오늘이기도 했고, 나에게 맞는 휘게를 찾기 위한 시간을 가지고 싶었다. 그동안 고생했던 스스로에 대한 보답으로 떠나온 여행이라는 걸 잊어서는 안 되니까 말이다.

나는 스스로에게 어떤 휘게를 선물해야 즐거운지 이제야 조금 방향성을 잡아가고 있는 사람이다. 우선 호텔 주변을 간단히 산책하고 다녔다. 내가 아는 한 산책은 노르웨이 보스에서처럼 나에게 가장 잘 맞는 명상법이자 휘게 수단이었으니 말이다.

인어공주 상이 위치한 공원으로 산책을 나섰다. 인어공주 상은 사실 여행자들이 실망하는 여행 스폿 1위라 볼 것은 크게

없었다. 오히려 그 앞에 위치한 이름 모를 교회와 게피온 분수 Gefionspringvandet가 더욱 멋있다고 느꼈다. 그리고 근처 요새에 위치한 공원이 걷기에 좋았다. 서울 올림픽공원 같은 느낌도 들었고 비가 적당히 그치며 날씨도 좋았다.

요새 둘레길을 따라 걸으며 운이 좋게도 이번 여행에서 내가 찾고자 했던 답을 찾을 수 있었다. 내심 여행이 끝나도 답을 찾지 못하면 어떡하나 걱정했었는데 오히려 생각보다 빨리 찾았다. 항상 답은 내면을 들여다보아야 나오는데 여행을 통해 예상도 못 한 인풋을 이것저것 넣다 보면 여행이 끝날 무렵 신

기하게도 내면을 통해 답이 나오는 경우가 많았다. 깨달은 것들을 명확하게 구체화하기 전에 남은 일정 동안 생각을 가다듬으며 결론이 충동적인 것은 아닌지 오슬로에서 한 번 더 숙고하기로 했다.

내가 찾고자 했던 답은 여행을 떠나오기 전에 응시한 마지막 고시 때 학원에서 뛰어내린 한 학생에 대한 것이었다. 그 고민은 나에 대한 것이기도 했다.

'왜 우리는 원하는 것을 이루기 위해 스스로를 죽여야만 하는가?'에 대한 것이니까.

오늘만큼은 '휘게'라는 명분으로 오랜만에 다시 하루를 만끽할 자격이 있었다. 답을 알게 되어 조금은 후련한 마음으로 근방에 있는 초밥 맛집을 찾아가 초밥을 양껏 즐겼다. 유럽 여행 도중에는 밀가루로 된 음식을 먹는 비중이 늘어나는지라 긴 여행에서는 밥이 생각이 나는 경우가 많은데 다행히도 초밥 물가는 덴마크와 한국이 크게 차이 나지 않아서 좋았다. 두 곳 모두 비싸지만 비슷한 가격이라 손해를 보는 기분은 아니라는 뜻이다.

코펜하겐에는 소위 'Eat all you can'이라고 불리는, 정해진 가격에 마음껏 초밥을 즐길 수 있는 레스토랑이 꽤 있었다. 구글 평점을 살펴 들어간 후 설명을 들었는데, 무한 리필 시스템이 조금 달랐다. 한국은 한 접시를 다 먹으면 계속 리필이 가능한 구조이지만 덴마크는 처음 한 접시에 자신이 먹을 양을 전부 예측하여 주문해야 하고 남기면 안 되었다. 다행히 나는 양과 구성을 잘 예측하여 주문했고 동양인이 운영하는 초밥 레스토랑이라 그런지 한국인의 입맛에 너무나도 잘 맞았다.

날이 일찍 어두워져 코펜하겐에서의 마지막 저녁을 보내기 위해 야경을 구경하러 나섰다. 오페라 하우스를 거쳐 뉘하운으로 갔다. 분명 단 하루 스웨덴에 다녀왔을 뿐인데 그새 뉘하운은 완전히 크리스마스 분위기로 변해있었다. 다행이라는

생각이 들었다. 코펜하겐에서 다시 하루를 더 보내지 않았더라면 '미리 크리스마스' 뉘하운 야경을 놓칠 뻔했으니까.

이 이상 무언가를 더 보지 않아도 된다는 생각 때문인지 마음에 여유가 생겼다. 노래를 흥얼거리며 버스킹을 구경하고 천천히 뉘하운을 흘러 다니다가 포트와인 한 병, 치즈도 한 조각 마트에서 사서 다시 숙소로 돌아갔다.

사람은 확실히 적응의 동물이라는 생각이 들었다. 막상 여행을 떠나기 전에는 불안했던 마음이 이제 타지에 홀로 있어도 단단해졌다. 내면의 감정에 솔직하게 푹 담겼다가 나오는 것은 역시 꽤나 빠른 회복 방법이었다. 여행 초반부에는 눈물이 나오고 우울했던 마음이 나도 모르게 많이도 회복되었다. 막막한 마음으로 노르웨이에서 정처 없이 시작한 북유럽 여행이었는데, 코펜하겐에 이르니 자신에 대한 이해가 조금 더 깊어진 느낌이었다. 어쩌면 나에게 가장 잘 맞는 휘게는 마음의 바닥을 찍고 올라오는 것일지도 모르겠다.

Chapter IV

꿈보다 내가 소중하다

다시 오슬로

이제는 랍스터수프를 먹어도 울지 않아

코펜하겐은 날씨가 맑았는데 오슬로로 넘어오자마자 익숙하게도 다시 비가 왔다. 익숙한 공항 열차를 타고 오슬로 시내로 와서는 왕궁 뒤에 있는 작은 호텔에 짐을 풀었다. 오슬로도 11월부터 크리스마스 분위기가 한창이었다. 길에는 운치 있게 전차가 지나다녔고 저녁을 먹으러 나온 시민들로 붐볐다.

여행이 거의 끝났다는 아쉬움에 호텔 뒤편으로 펼쳐진 번화가를 따라 걸었다. 관광지라고는 하나도 없이 길을 따라 레스토랑과 술집, 마트와 주거지가 펼쳐졌다. 여전히 길에서는 유독 동양인을 찾아보기 힘들었다. 코로나바이러스로 관광객이 줄어서 그런 것인지, 전쟁의 여파인지 모르겠지만 말이다. 한참 걷다 보니 차량 기지가 나타났다. 그 뒤로는 가고 싶어도 갈 수 없었다.

그리고 드디어 방황이 끝났음을 직감했다. 마치 막혀버린 이 길처럼 말이다. 처음 방황을 시작할 때는 분명 두렵고 우울했다. 삶이 어디로 펼쳐질지 알 수 없었고 다들 행복하고 뚜렷한 목표가 있는데 나 홀로 표류하는 기분이었다. 그러나 한 걸음 용기 내어 내면을 마주하는 방황을 시작하다 보니 오히려 이제는 방황이 끝나는 것이 아쉬울 지경이었다.

처음 방황을 시작할 때 먹었던 랍스터수프가 떠올랐다. 오슬로에서 노을을 본 다음 먹었던 그 랍스터수프 말이다. 어느새 굵어진 비를 뚫고 시청 옆에 위치한 항구를 향해 힘차게 걷고 있었다. 노르웨이 사람들은 여전히 비가 오든 말든 기능성

외투를 뒤집어쓰고 잘도 돌아다녔다. 나는 여행 첫날 방문했던 그 레스토랑의 문을 열고 들어갔다. 아쉽게도 일하는 직원은 다른 사람이었지만, 나는 랍스터수프를 주문했다.

여행의 첫 단계였던 이곳에서 나는 수프를 먹으며 눈물이 고였었다. 그동안 너무 스스로를 혹사하며 살았단 걸 깨달았기 때문이었다. 의도했던 것은 아니지만 결국 이 수프가 내 여행의 수미상관 구조를 완성했다. 상징적인 의미가 있는 느낌인데 처음과 지금의 의미는 달라졌다. 처음에 먹은 수프는 지나온 시간에 대한 서러움과 슬픔이었다면, 오늘 먹은 수프는 이제 스스로를 더 존중하고 챙기겠다는 약속이자 회복이었다.

꿈이 먼저였던 위인들과는 다른 삶을 원해

어느새 오슬로에서 온전히 보내는 마지막 날이자 전체 여행의 막바지였다. 단 하루의 시간을 어떻게 써야 후회가 남지 않을지 고민하다가 비겔란 조각 공원Vigelandsanlegget과 극지 탐험가 로알 아문센Roald Amundsen에 대한 기록이 있는 프람 박물관Frammuseet에 가기로 결정했다.

아문센은 특히 내가 어릴 적부터 위인전으로 접하며 꿈이라는 개념을 이해하는 데 도움을 준 사람이었다. 여행의 시작에서 꿈과 인정에 대한 화두를 던졌으니까 여행의 마지막은 꿈 많은 예술가와 탐험가의 흔적을 돌아보면 의미가 있을 것 같았다.

비겔란 조각 공원으로 향하는데 잠시 먹구름이 끼었던 하늘이 맑게 개었다. 일기예보에는 비 소식이 있었는데, 운이 좋

다고 생각하며 입구부터 거대한 규모의 공원으로 들어갔다. 공원 안쪽으로 걸어가는 내내 크고 작은 조각들이 양옆으로 길게 늘어서 있었다. 비겔란이 누구인지 잘 몰랐는데 조각가로서 꽤 유명한 사람인 모양이었다. 특히 친구나 가족 등 사람 간 관계를 표현한 조각들이 많았다. 나는 조각에 문외한이지만 한 예술가가 본인이 추구하던 이상과 꿈을 평생에 걸쳐 표현한 작품들이라는 것은 느낄 수 있었다.

비겔란 조각 공원에서 다시 비그되이Bygdoy 지구에 위치한 프람 박물관까지는 걸어서 한 시간 반 거리였는데, 굳이 버스를 타기보다는 오슬로 외곽 주거 지역을 따라 걷기로 했다. 오슬로 주민들의 삶을 자연스럽게 구경할 수 있었다. 관광지를 벗어난 주택과 상점, 공사장, 학교 등 오슬로의 평범한 삶이 여유롭게 다가왔다. 비그되이 지구로 들어서자 관광 특구답게 목초지 뒤로 많은 박물관이 모여있었다. 다만 겨울은 관광 비시즌이라 그런지 프람 박물관을 제외하고는 박물관 전체가 재정비 공사 중이었다.

노르웨이 여행 성수기가 여름이라는 말이 무슨 의미인지 알 것 같았다. 겨울에 오슬로로 여행을 오는 여행객은 거의 오로라를 보러 곧장 트롬쇠나 로포텐으로 넘어갔다. 겨울 오슬로를 온전히 즐길 이유도, 그만한 관광거리도 없다는 뜻이다. 나는 마지막 오슬로 2박 3일 일정은 여행의 의미를 찾고 지금까지의 삶을 돌아보기 위한 휴식이라고 생각했다. 그래서인지 의외로 오슬로가 이번 여행에서 손에 꼽을 정도로 만족스러웠던 여행지로 기억에 남았다.

프람 박물관에 들어가니 아문센과 탐험을 함께한 프람 호가 건물 정중앙에 전시되어 있었다. 배에 올라 안으로 들어가 보니 공간마다 탐험 기록과 그 당시 탐험 대원들이 사용했던 물건들이 있었다. 배 옆으로는 아문센의 일대기를 설명해 주는 영화관 등 다양한 볼거리가 있어서 여러 콘텐츠를 충분히 관람하고 나와 여운을 즐겼다.

다시 오슬로 시청을 향해 한 시간 반을 걸으며 마침내 이번 북유럽 여행의 결론을 내릴 수 있었다. 아침에 다녀온 비겔란 조각 공원을 포함해 아문센까지 꿈을 끝까지 좇아 큰 성공을 이룬 두 사람의 공간을 오늘 보게 되었다. 특히 아문센이 북서항로를 개척하겠다는 꿈을 이루기 위해 순수한 열정으로 수없이 도전한 기록들은 경외감마저 느끼게 해주었고 그의 기록을 읽으며 마침내 기나긴 여행의 끝이 다가왔음을 깨달았다.

굳이 이번 여행이 아니라 '홀로 다닌 모든 여행의 끝'이 말이다.

내가 여행에서 얻은 것 중 가장 소중하다고 생각하는 깨달음은, 비유하자면 어느 나라에서는 우측통행이 룰인 것이 다른 곳에서는 좌측통행이 룰일 수도 있다는 것이다. 그때부터 진정한 방황이 시작된다. 여행에서 나는 버킷 리스트를 하나씩 지워나가는 것보다 꿈이 무엇인지, 내가 누구인지 방황하면서 스스로를 알아가는 게 좋았다. 아이러니하게도 꿈을 정해야 방황이 사라지는 게 아니었고 나 자신을 알고 나서야 방황이 사라졌다. 그러니까 꿈은 스스로를 알게 된 후의 내가 그려나가는 것이라고 느꼈다.

내가 배제된 꿈은 스스로를 향한 가스라이팅에 불과하다는 것을 깨달았다.

불안해서 아무 방향으로나 뱃머리를 돌리고 그 방향을 꿈이라고 믿으며 스스로를 괴롭혀 왔다는 뜻이다. 지금까지 가졌던 꿈에 내가 배제되어 있었다는 것을 성찰하고 깨닫기까지 많은 용기와 고통이 필요했다. 당연히 무언가를 이룬다는 것은 존경받고 존중받아 마땅한 일이다. 다만 그 과정에 나 자신이 빠져있다면 그것만큼 허무한 것이 없다는 걸 이제는 알아버렸을 뿐이다.

내가 길게 방황하는 과정에서 가끔 마주치는 눈빛. 우월감이 가득한 눈빛을 보이는 사람들이 있다. 그들은 나를 보면서 '저 꿈 많던 사람도 이제는 합리화하는구나. 꺾였구나. 내가 더 낫구나.' 이런 생각을 하는 것 같다. 하지만 오히려 나는 지금의 이 깨달음이 내가 정의한 성공에 가깝다고 생각하고 행복을 느낀다. 이제는 정말 내가 어떤 길을 걸어가도 스스로 특별하게 만들 자신이 생겼다. 사람은 그저 각자 믿는 대로의 길 안에서 충실하면 되는 것이다.

내가 아는 사람 대부분이 신기하게도 '꿈보다 내가 소중하다.'라는 개념에 대해 생소하게 받아들이고 교조적인 태도를 보이고 있었다. "아니, '나보다 꿈이 소중하다.'가 아니라?" 보통 이런 반응이었다. 우리는 그동안 꿈을 이루는 것만이 가치 있는 인생이라고 배워왔기 때문이다.

여행지에서 만난 서양인들조차 이해를 잘 하지 못했다. '꿈을 포기하라는 것이냐?'로 받아들이는 경향이 있었다. '지금 이루고자 하는 꿈을 이룬 다음의 삶은 어떤 것일까? 이후의 삶은 행복할까? 또 새로운 꿈이 없을까?'에 대한 화두를 던지고 나서야, 꿈은 이루어져도 이루어지지 않아도 바뀌는 것이라는 것을 이해시킬 수 있었다. 그러니까 변하지 않을 '나'의 중심을 단단히 하는 것이 꿈보다 더욱 중요하다는 의도 전달이 조금은 가능해졌다.

꿈을 꾸는 주체는 나니까 꿈은 여러 번 바뀔 수 있다. 스타

트업을 하다가 실패를 해도, 부당한 일로 어려움을 겪어도 나라는 주체가 꿈보다 중요하다는 것을 알아야 한다고 생각한다. 아무리 소중해도 꿈은 나를 위한 수단일 뿐이라는 것이다. 나는 꿈이 소중하냐 아니냐의 흑백논리를 말하려는 것이 아니라 우선순위를 말하고 싶은 것이다.

나 역시 여행 전에는 이 개념에 대한 가닥만 잡을 수 있었으며, 무슨 말을 정확히 하고 싶은지 모호했다. 그 개념을 이번 여행을 통해 정리할 수 있었다. 정리하고 보니 애초에 타인에게 답을 확인받을 필요도 없었다. 그저 위인들의 업적처럼 빛나는 꿈도 소중하지만, 우러러보는 누군가의 시선보다는 나 자신이 더 소중하다고 결론 내렸다.

언젠가 책에서 보았던 인도의 구루 오쇼 라즈니쉬Osho Rajneesh의 문답 글귀가 마음에 와닿았다. "하나를 알게 되면 하나가 모든 걸 알게 하고, 그 하나는 바로 자기 자신"이라는 구절이었다. 내가 감히 인도의 구루를 이해했다는 뜻은 아니다. 여러 번 깨어지고 부서지면서도 앞에 놓인 삶을 성찰하며 살아가다 보니, 깨우쳐 가는 자아가 삶을 즐겁게 만들어 준다는 것을 여행의 끝에서 발견할 수 있었다는 것이다.

이제 시간을 되돌려 학원 건물에서 그 학생이 뛰어내리기 전에 "너의 꿈보다 네가 더 소중하다."라고 말해주고 싶다.

그리고 꿈을 위한다는 생각으로 스스로를 괴롭혀 왔던 나에게도 꿈이 무엇이든 그보다 네가 더 소중하다는 말을 계속할 것이다.

걸어서 오슬로 시청에 다다르니 거대한 크루즈선이 지나갔다. 분명 저 배에 누군가의 꿈도 같이 타고 있을 것이었다. 나는 진심으로 저 배에 올라있는 꿈의 주인이 꿈보다 자기 자신을 더 소중하게 여기는 마음을 가지고 있으면 좋겠다고 바랐다.

처음 오슬로에 도착해 노을을 보았던 그날처럼, 다시 같은 자리에 앉아 맑은 날의 귀한 노을을 감상했다. 기분 탓인지 여행의 마지막 노을이 참 아름답고 밝게 빛났다.

비로소 되찾은 나의 자아

여행의 마지막 날, 비행 시간까지 오전에 한 번 더 오슬로 바닷가를 산책할 시간이 있었다. 어제와 달리 흐린 날의 바닷가였지만 내 마음은 이제 밝은 확신으로 가득 차있었다. 북유럽 여행으로 생긴 변화 중 가장 큰 것은 이제 더 이상 새로움에 도전하는 데서만 매력을 느끼는 것이 아니라는 점이다. 편안함과 안정감 속에서도 만족을 느끼게 된 것이 의미 있었고, 오랜 고시 생활로 피폐해진 정신이 다시 성실히 살아갈 만큼 회복되었다.

지금까지 살아오면서 후회를 느낀 순간은 많지 않았다. 항상 최선을 다했고 결과에 대해 후회하기보다는 그 결과보다 나은 지향점으로 이동하려 노력했다. 그럼에도 후회되는 순간 중 하나를 굳이 꼽아보라면 역시 대학교 생활 초반에 회계사 공부를 했던 시간이다. 적성에 맞지 않아서 그만둔 것이긴 하지만 최선을 다하지 않고 군대로 반쯤 도망친 기억이 후회로 남아있다.

그래서 퇴사 후 3년간 공인 노무사 시험을 다시 준비한 것일지도 모르겠다. 시험을 준비하기 직전에 다녀온 두 번째 스페인 산티아고 순례에서 깨달은 게 있었다. 그동안 나는 항상 누군가의 인정을 받기 위해 스스로를 괴롭혀 왔다는 것이었다. 그때 분명 스스로의 인정을 받는 삶을 살면 '인정 욕구'를 존중하면서도 자아를 찾을 수 있다고 생각했다.

하지만, 아니었다. 그리고 절대 스스로에게 인정받는 삶이 3년간 혹독한 환경에서 살아남는 것을 뜻하는 것은 아니었다. 심지어 이번에는 아무도 나에게 억지로 요구한 적 없는 삶인데도 다시 같은 곳으로 몸을 들이밀었다.

고시라는 영역이 내 적성에 맞지 않다는 것을 알고 있었음에도, 끝까지 도망치지 않고 해내야겠다고 고집을 부렸던 것은 아마도 관성이자 미련이었을 것이다. 당연히 그 과정에서 자아를 존중해 주지는 못했던 모양이다. 적성에도 맞지 않는 분야를 다시 건드리느라 스스로를 또 괴롭혀 댔으니 말이다.

시험 결과가 나온 후, 노르웨이 여행 중 보스에서 심리적 완충 장치로 온라인 예매 해두었던 요안 부르주아의 「기울어진 사람들」 서울 공연을 보러 갔다. 예상했던 것처럼 단 한마디의 대사도 없는 우아한 몸짓은 불합격이라는 심리적 충격을 줄여주었다. 덕분인지 마음의 바닥을 찍고 회복하는 속도가 빨라졌다. 분명, 북유럽 여행을 통해 스스로를 조금 더 이해하게 되었기 때문이기도 할 것이다.

나는 여행에서 깨달았듯 꿈보다 내가 소중하다는 것을 인정하기로 했다. 꿈은 이루어지는 순간 다른 것으로 바뀌곤 했고, 이루어지지 않으면 좌절감으로 나를 이끌었다. 그러나 나를 이해하고 받아들이게 되니 삶을 대하는 태도가 달라졌다. 30대 중반의 나이에 자아를 고민하고 방황하는 사람은 사실 많지 않을 것이다. 결혼해서 아버지가 되고, 누군가의 어머니가 될 만한 나이이기 때문이다. 생존하기 위해 바쁘게 하루를 살아내어야 한다.

그 와중에 여전히 큰 목소리의 강압적인 말이 나를 뚫고 들어온다. "자아 성찰은 사치다.", "높은 연봉이 최고다.", "안정적인 삶이 최고다." 등등 말이다. 자신이 옳다고 말하는 수많은 자기계발서와 인플루언서들. 여러 매체를 통해 나도 모르게 들려오는 말들 사이, 자아를 지키고 중심을 잡아 나가는 것은 쉽지 않을지도 모른다.

하지만, 나는 긴 방황의 끝에 이제야 자아를 찾았다는 확신이 들었다. 홀로 다닌 기나긴 여행의 끝에 말이다.

아직 자아를 찾지 못한 사람이 있다면 고통스러울지언정 일부러라도 홀로 방황하는 시간을 꼭 가져보길 권한다.

Chapter V

작가가 되기로 결심하다

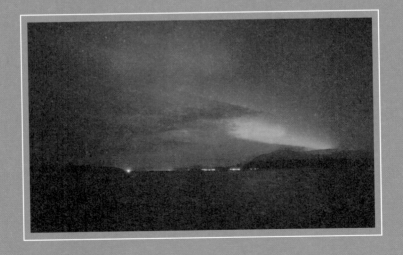

회사가 원하는 것은 자아가 없는 나

귀국 후 공인 노무사 시험 최종 불합격 소식을 접하자마자 시작한 것은 출간 작업과 동시에 다시 취업을 준비하는 것이었다. 정신을 바짝 차리지 않으면 인생이 꼬일 수도 있다는 사실을 자각하기 시작했다. 아무리 석사 경력이 있고 국제 비정부 기구 인사 팀에서 일했던 경력이 있다고는 하나 3년의 공백기는 커다란 단점이었다. 회사가 볼 때 경력은 있어서 신입 사원보다는 더 많은 연봉을 주어야 했고, 심지어 국제 비정부 기구 경력이어서 일반 기업 경력이 아니었으므로 애매했다.

경제가 호황기라면 또 모르겠으나 시험 시작과 동시에 이어진 코로나바이러스 사태로 인해 회사는 계속 업황이 나빠지기만 했다. 자연스럽게 채용 규모를 줄이기 시작했고 신입 자리라도 원하는 경력자는 쌓여만 갔다. 졸지에 나는 나이가 어려 조직 문화에 적응하기 쉬운 대졸 신입과 공백기가 없는 짱

짱한 경력자들 사이에 끼어 매력적이지 못한 구직자가 된 것이다.

실제로 2023년 2월부터 5월까지 1차 면접이나 최종 면접에서 족족 불합격하기 시작했다. 인사 팀 출신으로서 자존심이 상했다. 면접이 어떠한 방식으로 이루어지고 어떤 인재를 원하는지 잘 알고 있다고 자부했는데 탈락의 연속이었으니 말이다. 그러나 그 정도가 너무 심했다. 아무리 불황이라지만 헤드헌터 출신인 지인이 봐도 이해가 안 될 정도라고 했으니 말이다.

며칠 식음을 전폐하다시피 누워서 고민한 끝에 모든 면접에서 공통적으로 받았던 질문이 떠올랐다. 굳이 이력서에 써서 제출했던 '출간 작가'라는 이력에 대한 질문 말이다. 인사 팀 입장에서 역으로 생각한다면 당연히 꺼려질 만한 이력이었다. 짧은 근무 후 잦은 이직률이 가장 큰 문제가 되는 시대이고, 그러다 보니 나의 출간 작가라는 이력은 당연히 꺼려지는 요소인 것이다.

지인들은 내가 굳이 해당 이력을 쓰는 것을 만류했다. 당연히 우려 요소로 보일 이력은 제외하는 것이 상식적으로도 맞았다. 그러나 나는 이제 '작가'로서의 자아가 너무나 커져서 그럴 수가 없는 사람이 되어버렸다. 나 역시 몇 번이나 이력서에서 해당 항목을 지웠는지 모른다. 그러나 최종 제출 때는 어느새 다시 출간 작가라는 항목이 들어가 있었다.

오히려 나는 작가라는 자아가 있기 때문에 회사를 오래 다닐 수 있다고 생각했다. 회사에서는 큰 욕심 없이 업무 시간에 집중하고, 퇴근 후 작가의 삶을 살 수 있으니 말이다. 혼자서 말도 안 되는 그림을 그린 것인지도 모르겠다. 나의 작가로서의 자아를 존중해 주는 회사가 있다면, 나도 큰 고민 없이 고마운 마음으로 오래 다니고 상생하겠다는 포부를 가졌으니까. 그러나 면접 말미에 면접관 대부분이 이렇게 물었다.

"입사하게 된다면 작가의 삶을 포기할 수 있겠어요?"

바보처럼 회사에서의 커리어 구축만큼이나 글을 쓰는 것이 나에게는 중요하다고 솔직하게 대답했다. 그리고 어김없이 면접관의 표정이 미묘하게 변하는 것 같다고 느낀 건 내 기분 탓이 아니었을 것이다. 그렇다고 재취업을 위해 내가 글을 쓰기로 결심했던 이유를 포기할 수는 없었다. '포기하는 척'조차 할 수 없었다는 말이 더 정확하겠다.

'독자들이 자신의 내면에 집중할 수 있도록 돕고, 자아를 발견하는 도구로 내 글이 쓰이기를 원한다는 신념.'

작가로서의 자아를 받아들이기 전이었다면, 나 역시 당연히 글쓰기는 하나의 취미일 뿐이라고 대수롭지 않게 대답했을 것이다. 그러나 이제는 말뿐인 대답이나마 스스로를 부정하는 기분이 들어 그 말을 할 수 없었다. “그래도 지구는 돈다.”라고 말한 갈릴레이도 아니고 말이다.

눈을 낮춰 내 경력과 많이 차이가 나는 회사에 지원했을 때조차 면접에서 면접관이 같은 질문을 던졌다. 아마도 나이가 차서 경력에 비해 자존감이 낮아진 구직자가 적당한 톱니바퀴로 굴러갈 수 있는지를 가늠하는 면접관에게, 여전히 나는 작가로서의 자아를 피력하고 면접장을 나왔다. 이제 나는 커져버린 자아 때문에 회사라는 곳과 영 맞지 않는 사람이 된 모양이었다.

전업작가가 되기로 결심하다

작가로 살아가겠다는 말이 가난하게 살아가겠다는 말과 동일한 의미는 아니었다. 내가 그리는 삶은 내면을 성찰할 수 있는 충분한 여유가 있는 상태에서 글을 쓰는 것이었다. 삶에 여유가 없는데 좋은 글이 나오기는 힘들 것이다. 그게 가능한 사람이 있을지 모르겠으나, 적어도 나는 아니었다.

회사라는 선택지가 없다면 글을 쓸 수 있는 경제적 여유를 다른 방법으로 찾아야 했다. 나는 '에세이 작가'로서의 삶과 '웹소설 작가'로서의 삶을 병행하겠다는 목표를 정했다. 어릴 적부터 스트레스 해소 수단으로 즐겨 읽었던 장르 소설이 이제는 웹소설이라는 장르로 변해있었고, 시장도 커지고 있었다. 이제 나에게 필요한 것은 에세이 작가이자 웹소설 작가로서 생존할 수 있는 재능이 있다는 증거와 성과였다.

그때쯤 첫 책인『나는 왜 산티아고로 도망갔을까』가 출간 되었고, 잠시나마 한 온라인 서점의 여행 에세이 분야 7위까지 올라가는 성과를 냈다. 그리고 감사하게도 출판사에서는 나의 재능을 높게 평가해 주었다. 정확히는 아직 잠재성이 있는 신인 작가라고 평가해 준 것이겠지만 말이다. 그래도 성과가 났고 나에게도 독자가 생기기 시작하면서 에세이 작가로서는 계속 글을 쓸 수 있겠다는 자신이 생겼다. 운이 좋게도 그때쯤 강연 섭외도 들어왔고, 강연을 진행하는 과정에서 희열도 느낄 수 있었으니 말이다.

이제 웹소설 작가로서의 잠재성만 검증된다면 전업작가로 살아갈 자신이 생겼다. 그리고 수개월간 글을 쓰고 웹소설 에이전시의 문을 두드린 끝에 국내 대형 에이전시 중 한 곳에서 데뷔 과정을 제안받을 수 있었다. 계약이 된 것은 아니지만 잠재성을 보아 데뷔까지 이어질 수 있는 기회였다. 그리고 에세이든 웹소설이든 내가 무언가를 쓰고 세상에 내보낼 때 행복한 사람이라는 확신을 다시 얻을 수 있었다. 오히려 회사를 다닐 때보다 더 오랜 시간 글을 쓰고 주말에도 필수적인 휴식시간 외에는 글을 쓰며 살고 있지만, 눈은 오히려 밝게 빛나고 있었다.

그러니까 절실한 면접 자리에서도 부정하지 못했던 작가로서의 자아가 허상이 아니었다는 뜻이었다. 재취업을 선택하는 대신 결정한 전업작가의 삶은 지금까지 이어온 커리어와는 전혀 다른 삶이었다. 주위에서는 지금까지 쌓아올린 경력이나 공부한 게 아깝지 않느냐는 말을 했지만, 그건 사회가 나에게 요구한 것들이었다. 나는 그러니까 서른다섯이 되어서야 태어나서 처음으로 나 자신을 위한 일을 하고 있었고, 그 일은 느리지만 꾸준한 성과로 돌아오고 있었다.

나는 오히려 서른다섯까지 스스로를 괴롭혀 온 나를 위해서라도 이제부터라도 나의 자아를 위해 살기로 결심했다. 주위에서 우려하는 시선이 느껴질 때마다 나는 더욱 강한 확신을 얻어가고 있다. 파울로 코엘료는 자신이 죽게 된다면 묘비에 이런 글을 적어달라고 했다고 한다.

"그는 살아서 살다가 죽었노라."

그리고 나는 이제야 살아서 살아갈 자신이 생겼다.

불안이라는 감정, 마음껏 오라

꿈이 계속 바뀌는 과정에서 『시크릿』류의 성공 심리학이 나에게 준 부작용은 너무나 컸다. 수능 준비에는 도움이 되었을지 몰라도 말이다. 부작용을 두 가지 정도만 나열해 보면, 우선 힘들어하고 있는 사람에게 공감하기보다 그 사람은 정신력이 약해서 부정적 감정에 패배한 사람이라 생각하게 되었다. 당연한 생각이었다. 성공 심리학에 따르면 누구나 공평하게 생각만 긍정적으로 하면 성공한다는데, 실패자가 있다는 건 생각을 긍정적으로 하지 못하는 사람일 테니까.

두 번째로, 나의 내면의 목소리에 귀를 기울이기 어려웠다는 것이다. 사람은 살아가면 다양한 감정에 직면한다. 희로애락이 존재하는 이유는 사람이 삶에서 배울 수 있는 것들이 절대 '희'에만 있지 않기 때문이라고 생각한다.

그런데 『시크릿』에 따르면 삶을 긍정적으로만 세뇌하듯 채우고 그것이 실제로 이루어졌다고 믿어버려야 한다. 반론은 용납하지 않고 듣지도 않는다. 왜냐면, 간절함을 포기하는 행위니까.

그러다 보니 마음속에 다른 감정이 올라오면 외면해 버리기 일쑤였다. 나는 20대 후반까지 그렇게 살았다. 그러나 2015년 3월에 아버지께서 의식불명 상태가 되셨을 때 억지로 긍정으로 버티려다 6개월 만에 무너져 버렸다.

내가 긍정적이라고 아버지께서 깨어나실 리 없었지만, 주변에서는 "버텨야 한다.", "네가 힘을 내야지.", "다 잘될 거야."라는 말들만 계속했다. 나도 비슷한 생각이었고, 힘듦을 티 내지 않은 채 강박적인 긍정만 되뇌었다. 그 결과 아무도 강요하지 않은 부담감을 가졌다. 하지만 당연히 슬프고 힘들어야 할 마음을 외면하며 홀로 반년간 억지로 틀어막은 결과는 마음의 병이었다.

인생 처음으로 막연한 '긍정'만으로 해결할 수 없는 게 있다는 걸 알게 된 순간이었다. 매일 밤 괴로워하며 잠을 설쳤고, 난독증이 왔으며 발표를 망쳤다. 자존감이 낮아지는 일들의 연속이었다. 삶의 리듬은 무너졌고 숨 쉬는 법조차 잊어버린 사람처럼 느껴졌다.

결국 난생처음으로 정신 상담을 받으러 갈 수밖에 없었다. 성공 심리학만 되뇌던 사람이 정신 상담을 받으러 간다는 것은 스스로를 패배자처럼 느끼게 했다. 의사는 불안장애 증상이라 이야기하며 약부터 먹어보라 무심히 권했다. 나는 의사가 처방해 준 약을 받아 나왔다. 그리고 지하철역에 앉아 한참을 울다 그걸 쓰레기통에 버리고 집으로 돌아왔다. 결국 그걸 극복한 방법은 약이나 무한 긍정이 아니라, 상황을 명확히 이해하고 어떻게 한 걸음씩 하루를 걸어 나갈 것인지 처절하게 다짐한 다음이었다.

'스톡데일 패러독스Stockdale Paradox'라는 말이 있다. 2차 세계 대전 당시 미군이 일본군에 포로로 잡히는 상황이 발생했는데, 혹독한 포로수용소 생활이 이어졌다.

이중 긍정적으로만 생각하던 미군 포로들은 나아지지 않는 상황에 좌절하고 삶을 쉽게 포기했지만, 미군 장교였던 스톡데일은 오히려 처절하고 절망적인 상황이라는 걸 인정해 버렸다. 그리고 끝까지 삶을 포기하지 않고 살아남을 수 있었다.

'현재 상황을 명확히 이해했음에도 불구하고, 언젠가는 극복할 수 있다는 믿음을 갖는 것'이 일명 스톡데일 패러독스라고 할 수 있다.

나는 마음의 병을 얻은 당시 비슷한 내용이 담긴 세네카의 『인생론』을 읽고 이겨낼 수 있었다. 그 책에는 이런 내용이 있었다.

“불행을 겪지 않은 사람은 불행하다. 왜냐하면 그 사람은 스스로를 시험해 볼 기회를 얻지 못했기 때문이다.”

마음의 병을 얻은 것을 불행한 일이라고만 생각했는데, 오히려 불행을 겪지 않은 사람을 두고 불행하다니. 이 내용이 이상하게 마음에 위로가 되었다. 발상의 전환이 찾아왔다. ‘불행은 스스로를 시험해 볼 기회이고, 이겨낸다면 나는 앞으로 무엇이든 할 수 있는 사람이 될 거야.’라는 생각으로 이어졌다. 홀로 다시 제시간에 일어나는 것부터 시작해서 처절하게 마음의 병을 극복한 나는, 다시는 힘든 사람들에게 이러한 말을 하지 않았다.

‘다 잘될 거야.’
‘네가 힘내야지.’
‘버텨야지.’
‘끝까지 해야지.’

그리고 힘든 사람에게 그런 말을 하는 지인을 보면 그러지 말라고 말해주기까지 하는 오지랖 넓은 사람이 되어버렸다. 사실 그런 위로는 타인을 위한 말이 아니라 타인의 상황이 주는 불편함을 속 편히 넘기고 싶은 본인을 위한 말일 가능성이 컸다. 겪어보지도 않은 사람이 알지도 못하면서 잘될 거라고 위로하는 건 대책 없는 긍정주의에 불과하다. 대신 이렇게 말하는 게 어떨까 싶다.

"울어도 돼."
"열심히 하지 않아도 돼."
"무너져도 돼."
"다시 일어날 힘이 생길 때까지."

마음껏 넘어지고 아프더라도 결국 마음과 대화하며 내면의 힘으로 일어나는 것이 진정한 긍정이라는 걸 알게 되었다.

살면서 새로운 도전을 할 때마다 나는 매번 불안했다. 사소한 것으로는 여행을 떠나는 날이나 동아리의 회장을 맡을 때가 있었고, 중요한 것으로는 대학원 진학이나 취업, 교육 담당자로 무대에 설 때와 퇴사, 원고 투고에 이르기까지였다. 항상 매번 불안하고 두려웠다.

기존에 쓴 스페인 산티아고 순례기 원고를 투고할 출판사 이메일 주소를 수집하기 위해 교보문고 매대에 갔을 때도 여전히 불안했다. 어찌나 세상에는 참 대단하고 훌륭한 사람들이 많던지 금세 주눅이 들었다. 누적 몇억 뷰 유튜버와 스타 아나운서, 작가, 그리고 엄청난 석학들이나 부자들까지 수많은 사람들의 전문서적이 서점에 진열되어 있었다. 그 틈바구니를

헤집고 책의 속지를 뒤져 인쇄 품질을 만져보고, 이메일을 수집하려니 괜한 자격지심이 올라왔다.

그러다가 든 생각은 '대단한 사람들이 많은 건 알겠는데, 나는 보통의 삶에서 특별함을 쓰고 싶은 에세이 작가니까 오히려 좋은 거 아니야?'였다. 대단한 사람들은 더 이상 평범함을 이야기하지 못할 테니 말이다. 서점의 책들을 살펴보던 중, 『불안이 나를 더 좋은 곳으로 데려다주리라』라는 임이랑 작가님의 책 제목이 눈에 들어왔다. 적어도 나는 '불안이 나를 더 나답게 만들어 주리라.'라고 생각하며 지금껏 살아왔다. 당장 그만두고 싶은 두려움을 이겨내고 이를 악물고 투고했더니 세 곳의 출판사로부터 출간 제의를 받는 성과를 이룰 수 있었다.

너무 높은 곳에 있는 사람들과 꿈을 비교하며 나를 혹사하기보다는 이렇게 하나씩 작은 성과를 이루며 매일 하루를 마주하고 살아간다면, 앞으로도 불안이라는 감정과 끝까지 싸우면서 혹은 받아들이면서 살아갈 수 있겠다는 생각이 들었다.

그러니까 불안이라는 감정, 앞으로도 마음껏 오라.
내 삶에 찾아오는 모든 것을 끌어안아 주겠다.

— 끝 —